DIE HOOP
BESKAAM NIE

INA CANTONI

Malherbe Uitgewers Publikasie

Outeur: Ina Cantoni
Voorbladontwerp: Malherbe Uitgewers

Geset in Franklin Gothic Book 12pt

HOOFSTUK 1

Die soutsproei van brekende branders spat oor die geboë figuur wat roerloos teen die rotse sit. Hy sit net. Roerloos en nikssiende. Die bekende branders is onsigbaar want sy gedagtes is elders. Die lang donker hare hang in slierte oor sy skouers van 'n bebaarde man. Soutwater van die branders meng met die sout van trane op sy wange, soms dink hy dit kan al sy eie see vul. Sy helderblou oë, eens vol lewe, dra nou die dowwe erfenis van jare se eensaamheid en pyn. Hy pluk aan die swaar vel mantel wat om sy skouers hang. Eens was dit die kledingstuk wat gesiene jong manne na funksies gedra het; vir hom nou die enigste skans tussen die wind en die sproei van die branders.

Hy spandeer meesal sy tyd op die rotse waar hy wag. Elke dag kan die onmoontlike tog gebeur. Die moontlikheid dat die regte skip moet kom. Dit is die ses-en-sewentigste maand wat hy die swart merkie op die ruwe skeepsplank in sy skuiling trek. Sy eie persoonlike kalender wat hy maande gelede begin maak het. Nooit het hy gedink dat daar soveel maande sou verby gaan nie. Tog wag hy getrou. Wag hy en bly glo. Net glo, want hy het ophou bid.

Soos sovele male voorheen sien hy die silhoeëtte van haar figuur in sy geestesoog. Teen die breek van die branders sien hy haar laggende mond en stromende blonde hare.

In die klots van die branders hoor hy haar uitbundige lag, sien hy haar as sy vrolik voor hom uitdraf. Weereens steek hy sy hand uit in die rigting van die dansende figuur, maar hy gil van frustrasie as sy weer in die niet verdwyn.

Eensklaps sit hy regop en vou sy hand oor sy voorkop om die son weg te keer. Hy skroef sy oë teen die skerp lig en sy hart ruk in sy borskas. Daar is dit weer: die seile van 'n seilskip wat oor die breek van die branders die Kaapse hawe binneseil!

Hy hou die seile dop, spanning span oor sy breë songebrande skouers. Wagtend soos 'n leeu op sy prooi. Hoop verdamp soos die mis van die branders en hy vou soos 'n kaartehuis op sy knieë neer op die strand. Dit is nie 'n passasierskip nie, net 'n vragskip uit Indie. Die wit seile vertoon die landswapen wat van veraf sigbaar word. Verlatenheid vou in sy rou gemoed? Snikke skeur deur die bebaarde man se bors. Skepe kom en gaan, jaar in en jaar uit, sonder om 'n einde aan sy afwagting te bring.

Vererg vee hy die trane met sy hand van sy wange af. Hy staan op en spring van een gladde rots na die volgende een. Op die klam sand sak hy neer en maak homself gerieflik met sy rug teen 'n rots.

Soos altyd, tel hy 'n verweerde stuk skeepsplank wat hy daar laat lê het op sy skoot en met 'n uitgebrande stuk houtskool begin hy die buitelyne van 'n skip teken. Sy geoefende hand vlieg oor die rowwe oppervlak en gou word 'n seilskip in 'n woeste stormsee geskep. Hy kan homself nog nie so vêr kry om figure op die skip te teken nie. Miskien eendag sal hy ...

Sy lewe bestaan uit 'n eentonige kringloop van lig tot donker. Vir ure raak hy verdiep in sy tekeninge, sy enigste tydverdryf, iets wat hom 'n doel gee om voor te leef. Hy is so verdiep in sy hande werk dat hy verskrik opspring as 'n skaduwee oor hom val. Met 'n snak ruk hy sy asem in en probeer hy orent kom. Sy oë fokus op die skaduwee en verdwaas staar hy na haar. Die Vrou! Hier kom nooit mense nie, wat soek sy hier?

Die vrou is geklee in 'n swart rok wat tot op haar voete hang. Om haar skouers is 'n swart mantel argeloos gedrapeer en haar lang blonde hare hang in vlegsel oor haar een skouer. Haar vel is sag en haar grys oë kyk nuuskierig na hom. Die verwaarloosde kaalvoet strandloper met sy lang gekoekte donker hare en son verbrande vel, lyk na 'n prentjie uit 'n geskiedenis boek. Dit is die oë wat haar blik gevange hou. Ruie wenkbroue hou beskermend wag oor die dowwe blou oë. Vrae dans in die blou kykers rond as hy ondersoekend orent kom.

Verskonend begin sy met hom praat:

"Pardon Mijnheer, ek is so jammer ek het jou laat skrik! Dit was nie my bedoeling nie, ek het nie iemand hier verwag nie."

Siegfried sluk nog aan die skok en verdwaas antwoord hy lamlendig:

"Die gevoel is wederkerig! Ek bly al jare op die strand Madame, hier kom nooit vreemdelinge nie. Waar kom u vandaan?"

"Ek kom van anderkant die vallei, teen die berg en ek wou net kom skulpies optel. Ek het glad nie iemand hier verwag nie."

"U was nog nie voorheen hier nie?" vra hy nog agterdogtig.

"Nee, maar vandag wou ek graag die sand onder my voete voel." Nou eers merk hy dat haar fyn kaal voete onder die soom van die swart tabberd uitsteek.

"U mag seker hier wees, die strand is nie my eiendom nie, maar was u nie bang nie? Ek kon 'n bedreiging vir u wees, nie waar nie?"

'n Fyn laggie pluk aan haar mondhoeke. "Noem dit vroulike intuïsie. My nuuskierigheid was groter as my vrees."

Hulle glimlag vir mekaar en hy kan aan niks dink om te antwoord nie. "Kan ek u help met die skulpies?" vra hy net om iets te sê.

Sonder verdere woorde stap hulle saam tot by die rand van die brekende branders. Sy haal haar serp van haar skouers en in stilte stap hulle teen die strand langs. Later het sy 'n groot handvol skulpe en tevrede draai sy om.

"Dankie vir u geselskap Mijnheer. Ons kan nou maar terugdraai."

Siegfried is nog steeds verbaas oor die koms van die fyn vroutjie. Wat makeer hom dat hy nou bang is sy raak weg? Haar stem klink vir hom na klokkies as sy vra:

"As ek mag sal ek graag wou sien waarmee jy besig was toe ek jou kom onderbreek het?" vra sy terwyl sy na opkyk na hom.

Siegfried is nog steeds oorbluf en verkyk hom aan die vrou wat asof uit die niet verskyn het. As hy ongelowig was het hy hasepad gekies, want sy lyk byna mistiek teen die spierwit agtergrond van see sand. Hy ruk homself reg en stamelend vra hy:

"Pardon, Madame, my maniere! Natuurlik mag u sien." Hy stap na waar hy die stuk hout neergesit het toe sy opgedaag het.

"Kom stap saam ek gaan vir jou wys." By die rots waar hy gesit het, tel hy die stuk hout op en draai hy dit om na haar sodat sy kan sien.

Haar oë rek van verbasing en sy steek haar hand onseker uit.

"Monsieur! Dit is regtig baie mooi; maak jy graag sketse van skepe?" vra sy belangstellend?

"Madame, eintlik hou ek nie van skepe nie."

"Regtig? Ek wonder nogal hoekom. Skepe is pragtig, of het jy 'n slegte ondervinding van skepe. Wat het skepe aan jou gedoen?"

"Skepe verwyder mense van mekaar Madame ... daarna laat hulle jou alleen agter." Sy stem is nou weer bot. Hy is nie gewoond aan praat nie. Hierdie vreemde vrou maak hom ongemaklik en hy wens sy wil liewer weer verdwyn.

"Skepe neem ook mense na ander lande na waar geliefdes wag." Antwoord sy asof sy hom wil uitdaag.

"Dit hou geen plesier vir my nie, dit is my bevinding." Sy antwoord is bot en vyandig. Sy behoort te verstaan dat die vriendelikheid nou verby is.

"As jy wil kan jy my daarvan vertel?"

Siegfried ruk sy kop op en twyfel vir 'n oomblik, maar as hy die medelye in haar oë sien begin hy anders dink. Sy is nie nuuskierig nie, sy het vriendskap in haar blik. Hy draai sy rug op haar, maar dan neem hy 'n besluit. Miskien as hy eendag daaroor praat, oor die seer wat al vir soveel jare in sy binneste opkrop, sal hy verligting voel. Na al die maande alleen op hierdie stuk strand het hy in 'n regte kluisenaar verander. Hy vergeet van die vrou by hom en skrik as sy sag met hom praat.

"U wou gesê het Mijnheer?" Vra sy asof sy hom wil aanmoedig om te vertel. Sy voorkop vertrek in 'n frons en wonder hoekom hy so verstrooid is. Hy vind sy stem en vra:

"Wat het u gesê is u naam Madame?"

"Ek het nie gesê nie maar noem my Lillie. Mag ek weet wie jy is?"

Hy staar vir 'n lang ruk oor die see asof hy haar nie gehoor het nie. Watter nut gaan dit wees om name te ruil? Sy gaan tog net weer verdwyn want hy is bedoel om alleen te wees. Hy kyk verdwaas op as sy saggies kug. Belangeloos antwoord hy in sy skor stem:

"My naam is Siegfried." Sy glimlag geheimsinnig as sy sag antwoord"

"Aangenaam Siegfried. Vir my is dit genoeg. Jy is Siegfried van die see."

Sy straal soveel warmte uit dat hy ontspan en skugter sy hand na haar uitsteek. Met haar klein handjie in sy growwe hand voel hy vir die eerste keer in jare die warmte van 'n ander mens se aanraking.

Op hierdie eienaardige manier ontmoet twee wildvreemde mense mekaar en is hulle nog onbewus van die hegte vriendskapsband wat gesmee gaan word. Die van die bebaarde strandloper en die vrou in haar swart uitrusting. Daardie dag praat hulle nie vêrder oor sy verlede nie. Sy sit langs hom op 'n rots en verkyk haar aan sy sterk hande terwyl hy die aller mooiste skepping met sy knipmes kerf. Sy skets wat langs hom staan wat met stukke houtskool geteken is laat haar in verstomming staar. Hierdie man is 'n gebore kunstenaar, wat soek hy hier op die strand en hoekom leef hy as 'n banneling op die strand?

Hulle gesels min, want meesal volg sy net die beweging van sy kunstenaarshande wat vlytig sny en kerf. Dit is reeds sononder as sy die mantel oor haar kop vou om die lang silwer hare teen die wind te beskerm. Sy staan op en plaas haar hand op sy skouer.

"Ek moet gaan, Siegfried. Sal jy omgee as ek weer kom kuier?"

Hy antwoord haar nie of probeer haar ook nie keer nie. As sy wegstap draai hy sy kop en staar haar agterna as sy in die digte bos anderkant die seesand verdwyn. Sy beweeg met 'n ligtheid wat nie pas by 'n ou mens nie. Waar sou sy vandaan kom? Sy het net verskyn asof die see self haar uitgespoeg het.

Hy bly sit en staar oor die see. Hierdie vreemde vrou het gedagtes, wat hy suinig in sy siel bewaar, na vore laat spring. In die woeste deining van die branders verskyn weereens die beelde van twee vrouens wat sy lewe gedeel het. Jovanna en Mama Victoria. So lank gelede is dit al dat hy soms moet hard dink om hulle beelde op te roep. Miskien het alles in 'n vergete era gebeur, vir hom soos in 'n vorige eeu, was dit nie vir sy primitiewe almanak in sy boshuis nie.

Hy skuif die venster van sy hart oop as hy onthou.

HOOFSTUK 2

Op die kleinhoewes buite die besige stad in Frankryk waar hulle gebly het, was hulle gelukkig. Hulle was eenvoudige landsburgers: hy, sy vrou Jovanna en haar mamma Victoria was sy gesin. Mamma Victoria was soos sy eie ma. Haar man is jonk dood en sy het haar klein Jovanna alleen grootgemaak. Sy het altyd laggend aan almal vertel dat hulle drie wesies op die aarde is, wat mekaar aangeneem het. Hy was nie haar skoonseun nie maar eerder haar aanneem kind.

Sy eie ouers het hy verloor toe hy nog jonk was. Hy het die binnekante van weeshuise goed geken. Tog was die herinnering van 'n plaas met uitgestrekte wingerde duidelik in sy onthou. Op die jong ouderdom van drie en twintig jaar het hy Jovanna ontmoet en as bonus haar moeder Victoria. Hulle het vir hom 'n rede geword om weer te leef. Sy daaglikse bestaan was nou vir hom iets om na uit te sien. Vir die eerste keer in jare het hy weer 'n toekoms sien blink.

Sy blik is nou vasgenael op die deinings van die see. Dit is die eerste keer in in 'n lang tyd wat dat hy weer toelaat dat die onthou na die oppervlak beweeg. Hy onthou die land van sy herkoms Frankryk, sy vaderland. Sy gedagtes vloei terug na sy verlede op die ewige deinings van die see. In sy drome hoor hy die lag van vrouestemme deur die huis asof hulle hier by hom is. Hy herleef in sy gedagtes die klank van Mama Victoria se stem.

"Jovanna, kom help my tafel dek. Siegfried is aanstons tuis en jy weet hy is altyd dood van die honger."

"Ja, Mama, ek kom! Ek wil net gou blomme in die blompot kry. Siegfried hou ook van blomme op die tafel."

Die twee vrouens was onbewus daarvan dat hy hulle vanuit die oop deur dopgehou het. Die donker het genoeg skuiling gebied om sy teenwoordigheid te versteek. Om sy twee vrouens so opgewonde te sien was vir hom hemel op aarde. Hy beleef daardie aand asof dit gister was. Alles om hom vervaag en hy laat sy gedagtes toe om op wieke van die seewind terug te dwaal na die verre gisters.

Hoe lief het hy nie sy jong vroutjie met haar blonde lokke nie. As dinge daar buite tog net nie so onseker was nie. Hy het 'n goeie werk, al is dit nie wat hy regtig wou doen nie. Dit is hulle inkomste en dit is waarmee hy sy gesin gaan versorg. Hy beplan om vir hulle 'n huis te koop voor die einde van die jaar. Sodra die huis hul eiendom is, kan hy en Jovanna hulle hartsbegeerte vervul en begin om 'n babakamer in te rig. Hy lag saggies in die donker. Mama Victoria wil dit nie erken nie, maar sy is opgewonde om ouma te word. Hy onthou die ander aand, waar hulle om 'n lamplig gesit het. Die atmosfeer was soos altyd ontspanne, vervul met die vreugde van saamwees.

Haar stem was vol deernis en liefde vir haar skoonseun.

"Siegfried, ek bewonder jou vir die planne waarmee jy jul toekoms beplan, maar wat maak dit saak as die huis nie julle eiendom is nie? Die baba sal tog nie weet of die huis op jou naam is nie?"

Hy het haar speels aan die wang geknyp en laggend sy vrou teen hom vasgedruk.

"Mama Victoria, wees nog bietjie geduldig. Jy weet daar is baie ongerymdhede in die lug. Ons as christene is in die minderheid. Ons toekoms is in die weegskaal en ek wil nie 'n kind daaraan onderwerp nie. Soos dit is, is ek vir julle twee verantwoordelik. Ons glo mos dinge gaan kalmeer en ons sal nie vir altyd onderdruk word nie."

"Jy praat nie net van 'n politieke situasie nie of hoe Siegfried? Wat het dit met ons te doen? Ons is mos nie regtig betrokke nie en ons is nie 'n bedreiging vir enigeen nie." Wou Jovanna met kinderlike geloof in haar man se oordeel weet. "Ons is maar net gewone burgerlikes wat niemand pla nie?"

"Ons is christene my liefling vrou, dit kan ons nie miskyk nie." Sy hart wou uit sy bors klim. Hy probeer so hard om die aaklige gerugte en koerantberigte van hulle twee te weerhou. Dinge het sleg gelyk vir die christene en alhoewel hulle aan die buitewyke van die stede bly, beweeg die vlaag van haat en verdrukking nader aan hulle.

Wat hy nooit vir hulle vertel het nie, is dat niemand in die land eiendom mag aankoop en registreer solank die onstuimigheid in die regering voortduur nie.

Die verlede vervaag as hy bewus word dat die vroutjie in swart geklee weg is. Hy was so vasgevang in sy droombeelde van die verlede dat hy skoon van haar vergeet het.

Verwonderd dink hy oor haar. Hy het nooit gevra waar sy woon nie, net waar sy vandaan kom. Dit maak ook nie saak nie, want hy wil glad nie verantwoordelikheid teenoor enigiemand voel nie. Hy wonder waarheen sy verdwyn het, maar hy voel nie eens skuldig as hy dink dat dit nie eintlik saak maak nie. Hy bly al jare hier op die stuk strand en het nog nooit mense hier gewaar nie. Miskien is dit waar dat sy wou kom skulpe optel het, omdat sy per koets hier moes verbyry op pad iewers heen. Hy sal haar seker nooit weer sien nie.

Siegfried tel sy klompie kunswerke op en begin met lang hale oor die sand wegstap van die rotse in die teenoorgestelde rigting as die waarin Lillie verdwyn het. Hy trek sy skouers terug as hy dink:

"Sy het ook nie gevra waar ek woon nie! Dus? Skepe in die nag! Moontlik sien ons mekaar nooit weer nie."

Die wind raak sterker en ondervinding het hom geleer dat die wind een van die Kaapse storms kan saambring. Hy beter haas om sy skuiling te beveilig. As die storm kom, sal hy vasgekeer wees vir 'n paar dae. Een troos is dat solank die storm woed daar geen skepe die hawe sal binnevaar nie, daarvoor is die kus te gevaarlik. Hy het genoeg skeepsplanke in sy hut om hom mee besig te hou.

Asof hy bang is dat sy gedagtes weer sal wegdwaal na die verlede, rek hy sy treë om so gou moontlik by sy skuiling te kom. Hy sug van verligting as hy sien dat die wind nog nie so sterk is as wat hy verwag het nie. Hy het genoeg tyd om sy boshuis te beveilig.

Siegfried se huisie is gebou van stompe, hout en riete wat hy uit die omgewing bymekaar gemaak het, elke deeltjie, gebou met sy eie hande. Dit herinner hom elke dag aan die tydelike van sy huidige bestaan. Eendag lank gelede het hy ook 'n huis vol warmte en liefde besit. Nie 'n gebou nie, maar 'n huis en 'n gesin wat sy hele lewe was.

Hierdie plekkie is nie beplan nie. Dit is opgerig uit nood. Stelselmatig egter het hy die eens ruwe skuiling omskep en vergroot tot 'n gerieflike woonplek. Die riete vir die dak is met presiese lengtes gesny en met bamboes uit die see gebind tot 'n stewige rietdak wat selfs die sterkste stormwind kon trotseer. Die agterkant word gevorm deur 'n oorhangende rots wat sterk genoeg is om hom veilig te hou.

Wat hy nie besef nie is dat hierdie skuiling menige bewondering sou afdwing as dit nader aan die Kaap was. Die algehele voorkoms van die struktuur verklap die kunssinnige handvaardigheid van die inwoner daarvan. Hy is egter so afgesonder hier, dat daar nog niemand, behalwe Lillie is, wat hom hier ontdek het nie. Hy sal hier bly totdat ...

Hy werk vinnig en doelgerig en wanneer die eerste groot druppels op sy rietdak neerplof is hy seker dat alles geanker is. Uit 'n groot kleipot haal hy 'n vis wat in pekelwater ingelê is. Sy klein vuurherd is altyd gereed en hy steek dit met net een stomp aan die brand om sy vis te bak.

Terwyl hy sy slaapplek gereedmaak skud hy sy kop soos vele kere voorheen. In sy lewe sou hy nooit kon droom dat hy, Siegfried Kurtze, amptenaar van die grootste bankgroep in sy land, die lewe van 'n strandloper sou voer nie. Hy het daardie tyd nog drome gehad.

Hy was 'n goedbetaalde amptenaar met 'n blink toekoms voor hom. Tog het hy altyd in homself geglo. Hy was baie goed met syfers maar so ook met sy hande. In sy vrye tyd het hy homself altyd besig gehou met houtsneewerk, die vorming van beeldjies met klei en sy talle skilderye wat hy soms teen 'n goeie bedrag verkoop het. Dit was sy neseiertjie wat hy weggesit het om hulle huis te koop. Die huis wat 'n droom gebly het.

Die vlammetjie van sy lampie flikker as die wind by 'n skrefie inwaai en haastig trek hy sy velbaadjie uit en kruip hy onder die karos in, gereed vir die nag.

Met sy arm onder sy kop luister hy na die geloei van die wind en dankbaarheid vloei deur sy hart dat hy nie uitgelewer is aan die woeste stormwinde nie.

Soos elke aand die afgelope jare roep sy hart na haar:

"Jovanna!" Haar naam weerklink in sy binneste. Die seer bly. Haar lag. Haar oë. Waar is sy? Sal ons mekaar ooit weer vind? Wat het van jou geword, daardie helse dag op die kaai? Asof hy fisiese pyn ervaar ontsnap 'n kreet oor sy lippe wat soos die van 'n gewonde dier klink. "

Hoeveel pyn kan 'n hart dra voordat dit stil raak – vir altyd?"

Net die wind, die reën en die riete op 'n rietdakhuisie is getuies van die smart wat weer in hierdie nag in hierdie skuiling afspeel. Uitputting laat die groot bebaarde reus sy stryd teen slaap verloor.

HOOFSTUK 3

Die Kaapse dokter woed voort vir nog 'n paar dae waarin Siegfried in sy skuiling vasgekeer is. Die lug is grou en die wind woed met tye stormsterk oor die see. Dit is tye soos hierdie wat hy wonder wat die doel van lewe is.

Vir die afgelope paar jare wag hy met eindelose afwagting vir die skip wat sy twee vrouens na hom moet bring. Aan die begin was dit maklik. Hulle is van die skip af in klein reddingsbootjies na die strand geneem. Sommige was so siek dat hulle nooit die vreemde land ervaar het nie. Siegfried was sterk genoeg om te ontsnap. Hy kon die uitlewering as 'n gedwonge slaaf aan die Kaap vryspring.

Hy het strandlangs gestrompel totdat hy op hierdie plek 'n holte vir sy voet gevind het. Hy was siek en swak na die lang bootreis en sy wil vir die lewe was op 'n laagtepunt. Dat hy herstel het was net te danke aan sy sterk gestel en diep geloof.

Hier was hy was ver genoeg van die gewoel rondom die kasteel en die besige hawe gebied, maar naby genoeg om die hawe tot diep in die see dop te hou. Elke keer as daar weer seile bol teen die blou lug kon hy strandlangs draf om die passasiers te gaan dophou. Vir maande en maande aaneen het hy geglo

Jovanna en haar ma sal onder die wees wat vandag voet aan wal sit. Tevergeefs. Die skip – wat elke keer 'n vae belofte van die lewe bring – het hom elke keer stukkend en moedeloos laat terugkom.

Gaandeweg het hy niks meer as 'n herinnering aan sy verlore lewe gehad om hom te laat voortgaan nie. Die see, wat alles neem en sy hoop laat verkrummel het sy voortbestaan geword. Al wat hy aan vasgeklou het, is dat dit hom eendag sal antwoord – selfs al weet hy nie of die antwoord die een sal wees waarna hy so desperaat soek nie.

Hy draai die dik velmantel om sy skouers en trek sy ou velhoed diep oor sy kop. Die reën stuif nou in fyn mis neer en hy strompel oor die sand na die rotse. Van hier kan hy ure sit en diep in die deinings van die golwe staar.

Sy gedagtes is net so onstuimig soos die see. Hy onthou weer die maande in Frankryk. Jovanna, wat haarself styf langs hom op die rusbank tuismaak, terwyl Victoria met 'n handwerkie onder die staanlamp sit. Die toneel is so oneindig rustig dat hy 'n dankgebed prewel. Sy dankbaarheid vir hierdie twee vrouens in sy lewe oorskry alle ander vreesgedagtes. Hy onthou hoe hy verstyf het toe Mama Victoria een aand uit die bloute vra:

"Siegfried, verbeel ek my of is daar al meer praatjies van die vervolging van ons christene? Dat ons gedwing gaan word om ons geloof prys te gee? Sal ons verplig word om Katolieke te word?"

"Mama Victoria ons weet ons sal dit teen alle koste teenstaan. Ons sal nooit ons geloof versaak nie."

"Jy is reg Siegfried, ons sal nooit teen ons christen geloof draai nie."

"Dankie my vrou, dit gee my moed om aan te gaan. Die feit dat julle my siening ondersteun. Ons weet dat ons nie altyd met hulle saamstem nie, maar dit kan seker nie so erg wees dat ons uit die land verban kan word nie?"

Siegfried het yskoud geword. Dit is hierdie soort nuus wat hy so hard probeer om van hulle te weerhou. Jovanna het haar klein handjie in sy groot hand geplaas en onwillekeurig het hy dit saggies gedruk. Hy weet Victoria wag vir 'n antwoord.

"Ma-Victoria, die gerugte doen die rondte, maar soos met alles sal dit ook maar uitwoed. Ons bly glo dat die Opperhere tot besinning sal kom. Ons land het mos plek vir almal. Ons glo aan ons geloofsoortuiging sowel as 'n sekere politieke uitkyk. Solank nie een van ons direk by die opstande betrokke raak nie."

As hy toe maar net geweet het. Victoria was lid van 'n groepie vroue wat weekliks saamgekom het om volkstradisies te bevorder. Hy en Jovanna het dit nogal geniet, want allerhande tuisgebak en soms hand-gemaakte mussies of serpe het in hulle rigting gekom. Natuurlik het hy soms gewonder oor die aard van die gesprekke wat daar plaasvind, maar hy het sy kommer onderdruk.

Daardie aand was die eerste keer dat hy 'n roering in sy binneste gewaar het. Hoekom sou Victoria sulke vrae vra? Voordat hy haar kon vra het sy opgestaan om vir hulle te gaan tee maak.

"Ek is bietjie moeg, julle twee kan gerus nog kuier, maar ek gaan julle tee bring en dan na my kamer gaan."

Siegfried was nie gerus nie, maar het dankbaar sy vrou styf teen hom vasgedruk. Hulle twee maak nogal gebruik van hierdie oomblikke van privaatheid, sonder Victoria. Niks weerhou hulle om hul kamerdeur agter hulle toe te maak nie, maar die vryheid van hul woonkamer is nogal aanloklik.

Victoria het haar tee kamer toe geneem en hulle skinkbord op die klein tafeltjie neergesit. Jovanna het vir hulle suiker en melk geskink en weer teen hom plaasgeneem. Hy het sy arm om haar gevou en sy het gewillig haar sagte lippe na hom gelig. Na 'n lang tyd het hulle giggelend die tee koppies vinnig geledig en hand aan hand na hul kamer gestap. Hy onthou so goed hoe hy die deur met sy voet toegestoot terwyl hy haar rok oor haar skouers trek.

Sy asem het in sy keel gestok toe sy byna nakend voor hom staan. Hy het haar in sy arms opgetel, sy hande soekend oor haar sagte vel terwyl sy mond angstig na die stywe borsies soek wat voor hom wip. Met haar arms om sy nek het sy hom langs haar op die bed neergetrek en sy hemp oor sy kop getrek. Met 'n kreet het hy haar vasgetrek teen sy harde liggaam om haar in besit te neem.

Hier waar Siegfried op die rotse sit ervaar hy die oorgawe van sy lieflike vrou se liggaam aan sy eie honger begeerte. Hy is onbewus dat sy trane meng met die soutdruppels wat uit die see oor hom waai. So intens is sy verlange na haar dat hy met 'n skor kreet uiting gee aan sy frustrasies en verlange. Hy spring regop, gooi sy hande in die lug en hortend gil hy haar naam uit terwyl hy die woeste see inhardloop.

"Jovanna! Waar jy ook al is, ek sal vir altyd wag!"

Dit gebeur nie gereeld dat hy oorgee aan hierdie emosies nie, maar vandag is sy so byna tasbaar naby dat hy moet veg teen die begeerte om homself in die deining van die donker dieptes van die see te werp. Na 'n lang ruk kalmeer hy weer en swem hy met lang hare terug na die strand. Sy asem jaag en hy vee die soutwater uit sy gesig, terwyl hy teen die donker swart rotse opklim. Vir 'n oomblik verslap sy konsentrasie en word hy onkant betrap.

Hy word yskoud as sy voet glip en hy vervaard na die rotspunt gryp om te keer dat hy terug in die see beland. Die rotse is seepglad en hy gly teen die gladde oppervlak af. Met 'n hik kom hy tussen die rotse te lande.

Hy ruk sy bolyf orent en gryp met sy hand na die bloed wat oor sy oë stroom. Hy moes sy kop baie hard teen 'n rots gestamp het. Die pyn wat in sy lies opskiet laat hom hard op sy tande byt. Hy loer af, vee nog bloed uit sy oë en staar dan na sy enkel wat potblou en dik geswel is. Hy probeer op sy voet trap, maar die pyn ruk hom van balans af. Dit is te ver na sy hut om nou te probeer loop. Hy sal die bloed moet stol en al plan wat hy het, is om 'n reep uit sy oorjurk te skeur.

Hy bind 'n stuk van die lap styf om sy kloppende enkel, druk nog 'n stuk teen die wond wat nou vryelik bloei. Na al die jare as 'n skipbreukeling is dit nie die eerste keer wat hy wens daar was net iemand om te help nie. Soms dink hy dat hy gewoond raak aan die swerwers bestaan, maar die mens is nie gemaak om alleen te wees nie. Siegfried is gewoond aan sy swerwersbestaan, maar tye soos hierdie wil hom laat boedel oorgee.

Na al die jare het hy geleer dat die seewater 'n goeie ontsmettings middel vir 'n wond is. Hy sak kreunend af op sy knieë, en reik na 'n poeletjie seewater tussen die rotse. Met sy bakhand gooi hy seewater oor die wond op sy kop om die bloed te probeer stol. Bloed verlies en pyn maak hom deurmekaar en hy veg om sy bewussyn te behou Onhandig vou hy 'n reep van die jurk om sy kop en met verligting besef hy dat die yskoue water die bloeding gestol het.

Hy weet hy dat hy by sy boshuis moet uitkom voordat die wond weer begin bloei. Die hou teen sy kop laat hom effens duiselig voel en hy slinger kreunend en kruppel weg van die rots. Die pyn maak hom deurmekaar.

Hy strompel vir lang ente maar soms, kruip hy uitasem om dan op die sand te bly lê. Die reën nie meer so deurdringend nie. Ure later besef hy dat die son wil-wil deurkom. Tydsaam beweeg hy tree vir tree vorentoe. Hy bly veg om nie sy bewussyn te verloor nie. Soms wonder hy of dit is dit hoe dit gaan voel om dood te gaan? Sy krag begin hom in die steek laat en hy sak in 'n beswyming op die strand neer. Onbewus bid hy vir 'n wonderwerk om te gebeur. Die son is nie warm nie, maar hy is tog dankbaar as 'n digte reënwolk weereens oor hom skuif. Hy draai op sy rug en maak sy oë toe. Hy is onbewus dat die wolk wat 'n koelte oor hom werp nie 'n wolk is nie, maar die skaduwee van 'n menslike figuur.

Sy bewussyn laat hom in die steek en hy is onbewus van die teenwoordigheid van die ander persoon. Die stem dring nie tot hom deur nie.

Lillie sak langs die beseerde man neer. Sy voel aan die aar in sy nek, en dankbaar besef sy dat hy nog leef.

"Siegfried, Mijnheer, jy is beseer? Wat het gebeur!" Die man het sy bewussyn verloor en sy weet sy sal hom nie alleen kan dra nie. Sy spring op en so vinnig sy kan draf sy na die digte bos waardeur sy sopas gekom het. Sy plaas haar hande om haar mond en angstig roep sy:

"Marcelle!, Marcelle kom help my."

By die koets wat aan die anderkant van die bos staan, hoor die lakei wat geduldig vir haar wag die angstige geroep. Hy draf nader en waai met sy arms. Sy hart bons bevrees. Wat sou Madame so ontstel?

"Marcelle kom help my. Hier is 'n beseerde man, ons moet hom by 'n veilige plek kry."

Marcelle aarsel nie. Madame Lillie is sy verantwoordelikheid, en hy kon haar nie ompraat om weer na die verlate strand te kom nie. Nou sal hy uitvind wat sy hier kom maak!

"Ek kom Madame, wie is die beseerde man?"

Lillie het byna lus om te huil oor die benardheid van haar posisie. Wat gaan Marcelle dink? Desperaat besef sy dat dit nie regtig saakmaak wat hy dink nie.

"Dankie Marcelle, ek weet net sy naam is Siegfried en hy is 'n strandloper. Help my net om hom uit die reën en wind te kry."

Marcelle staan regop en tuur so ver hy kan oor die verlate stuk strand. Iets vang sy oog, en hy verskerp sy blik.

"Madame, gee my 'n oomblik, ek is nou terug." Met lang hale probeer hy met sy blink hakskoene oor die seesand beweeg. Halfpad steek hy in sy spore vas. Voor hom verskyn die rietdak van 'n strandhuis. Hy is skoon verbaas maar sonder heroorweging, tree hy op. Sy volgende handeling is om haastig terug te gaan na waar Lillie wag.

"Kom, Madame, hier na boontoe is beslis 'n huis, heel moontlik hierdie man se huis. As daar inboorlinge woon sal hulle ons moet help met die man. Dit is te ver om die koets om te bring tot hier. Ons sal moet hulp kry om hom te vervoer."

Lillie staan terug en dankbaar sien sy hoe Marcelle die man oor sy skouer lig en moeisaam in die los sand probeer beweeg. Siegfried is onbewus daarvan dat hy oor die onbekende man se skouer hang. Pyn maak hom bewusteloos.

'n Entjie van die hut laat sak Marcelle die swaar liggaam op die sand, en Lillie gebruik die geleentheid om die huis te nader. Daar is geen lewe nie, en versigtig sluip sy nader. Sy steek haar hand na die deur uit en verbaas voel sy hoe die deur na buite oopswaai. Sy moet keer dat sy nie uitroep van verbasing nie.

Die agterste gedeelte is 'n oorhangende rots wat kunstig verleng is met riete en boomstompe. Voor haar is 'n groot woonvertrek, geen meubels nie, maar 'n vuurherd en agtertoe 'n netjiese slaapvertrek. Ongetwyfeld besef sy! Dit is Siegfried se woonplek.

Marcelle het met sy pasiënt tot agter haar gevorder en met net oogkontak neem hulle die besluit. Marcelle laat die man met verligting op die strooibed neersak en sak hygend langs hom neer. Hy pluk sonder seremonie sy formele hakskoene uit en skud die sand uit. Was hy al ooit in so 'n situasie?

Die ingebore beskermingsdrang van 'n vrou laat Lillie soek na varswater. Sy vind 'n kleipot en proe aan die water. Dankie tog dit is nie seewater nie. Sy skep van die water en verlig besef sy dat Siegfried daarvan sluk.

"Marcelle, gaan terug koets toe. Kyk onder die bankie is 'n klein noodhulp kassie." Sy hoef nie verder te verduidelik nie, want Marcelle haas reeds na buite. Lillie slaan haar hand oor haar mond as sy Marcelle agterna staar. Hy trap hoog en versigtig oor die sand met sy gevoelige kaalvoete, en sy moet veg teen die lagbui wat oor haar lippe kom. Sy kry haarself onder beheer en buig oor na die beseerde man.

Siegfried is nog in 'n diepe bewustelose staat, en Lillie kry nou geleentheid om rond te kyk. Verbasing laat haar snak na asem. Oral sien sy tekeninge. By naderende ondersoek besef sy dat dit op die stukke skeepswrak-planke is. Hy het hierdie planke langs die strand versamel. Wat haar verstom laat is die tekeninge wat op die hout aangebring is. Die vindingrykheid van die kunstenaar laat haar verstom. Die sketse is gemaak met uitgebrande houtskool.

Die tema van die werk verbaas haar. Meesal die van skepe in alle vorme! Soms net die seile diep in die see, of skepe in 'n storm, of aan wal waar passasiers aankom. Dan ruk haar hart. Die gesig van 'n jong vrou met skouerlengte hare kyk laggend na haar. Onder in die hoek kan sy die naam uitmaak, iets soos Johanna!

Sou dit sy vrou wees, die een op wie hy wag? Die man kreun agter haar en terselfdertyd verskyn Marcelle in die opening. Sy draai weg van die werke en sak dankbaar op haar knieë neer.

"Dankie Marcelle, gee asseblief vir my twee verbande. Behendig draai sy die wond aan sy kop toe, terwyl Marcelle haar help om die beseerde enkel te verbind. Sy meng 'n paar druppels kruie uit haar tassie met water en forseer dit tussen sy bleek lippe in.

"Marcelle los my hier, en gaan jy terug na ons koets toe. Sorg dat die perde veilig is, as hy bykom sal ek by jou aansluit."

"Madame? Is jy seker? Kan ek jou hier alleen ..."

"Gaan pas jy die koets op. Ek sal kom sodra hy wakker word."

Hiermee moet Marcelle tevrede wees, en Lillie se taak om Siegfried te verpleeg begin. Haar gedagtes is by die tekeninge, die man voor haar en die vreemde sameloop van omstandighede. Dat sy hom hier ontdek het was net so vreemd. Sy wou kom soek vir

25

'n paar klein skulpe, sodat sy die lappies vir haar melkbekers kon klaar hekel. Die vreemdeling het haar in haar spore laat vassteek. Dit het sy nie verwag nie. Sy wou eers weghardloop maar iets het haar nader laat stap om met hom te praat. Sy is ook nie seker hoekom sy vandag hierheen wou kom nie. Marcelle het beslis nie die storie van die skulpies geglo nie, maar hy moes doen wat sy vra. Die geskommel van die koets tot hier by die strand het haar lomerig gemaak, en sy was verbaas toe Marcelle sê:

"Ons is hier Madame, of wil u verder teen die strand af gaan soek."

"Nee, Marcelle, trek die koets hier in die koelte van die bos. Wag vir my, ek is nou-nou terug." Sy glo haar geheim is veilig by Marcelle.

Sy was erg geskok toe sy die man op die strand sien lê. Sy het op instink reageer. Vir 'n paar vlietende oomblikke was sy heeltemal verbysterd. Van toe af het sy nie gedink nie, maar net reageer!

Siegfried was tog vaagweg bewus van die vrou, Natuurlik! Madam Lillie van nou die dag. Hy wou nog vra waar sy vandaan kom in die slegte weer, maar hy het nie kans gehad om te vra nie. Sy bewussyn het weggeraak en hy het homself oorgegee aan die genadige duisternis van vergetelheid. Haar woorde het by hom verby gegaan.

"Wag, ek gaan haal water in die see." Sy weet nie dat hy haar nie meer kon hoor nie, maar sy het reageer op instink. Sy weet net dat sy hom moes help. Sy het vertroostend met hom gesels:

Hier waar sy nou in die knusheid van sy boshuis is, kan sy effe tot verhaal kom. "Ons moet jou wond ontsmet, dit het weer begin bloei." Hy hoor niks, besef ook nie dat sy nog van haar kruie tee probeer ingee nie. Die reën wat weer begin neerstuif het was nie iets in sy diepe koorsdroom nie.

Lillie begin paniekerig raak. Dit word reeds donker. Sy sal hom nie vir die nag kan alleen laat nie, nog minder sal sy in die donker die koets bereik. Sy besef hoe haglik hulle situasie moet wees en hoe hy veg om sy bewussyn te herwin.

Die nag word donker. Met toewyding versorg sy hom met die karige middele wat sy beskikbaar het. Sy moes aan die slaap geraak het want sy raak bewus van sy kop wat heen en weer draai.

Met 'n diep verligting bemerk sy hoe sy ooglede flikker in 'n poging om sy bewussyn te herwin. Sy dwing sy lippe oop en laat weer druppels van haar flessie met water in sy mond drup. Dit het die gewenste uitwerking en met 'n snak na asem gaan sy oë oop. Verwarring duidelik in sy blou kykers. Hy wil eers opspring maar die steekpyn deur sy kop laat hom met 'n kreun terugsak.

"Wat gaan aan, waar is ek?" sy hou om sag maar ferm teen sy skouers vas en dwing hom om terug te lê. Hy is nog te deurmekaar om te verstaan wat aangaan.

Haar stem is so rustig en vertroostend dat hy haar gehoorsaam, sonder teëstand. Vir 'n lang tyd sit sy met sy kop op haar skoot en dan besef sy dat hy rustig slaap. Die koors is gebreek. Hierdie keer is hy nie meer so deurmekaar nie. Sy streel met haar serp oor sy voorkop en staan dan saggies op.

Hy bly in 'n diepe slaap wat haar laat besluit om terug na die koets te stap. Dit is vroeg oggend en die son dreig om sy strale oor die see te gooi. Sy kyk nog eenmaal oor haar skouer en begin dan haastig terug in die rigting van die bos te stap.

Marcelle stap haar tegemoet.

"Hoe gaan dit met ons pasiënt?" vra hy besorg.

"Hy het bygekom Marcelle, maar ek het weggeglip voordat hy heeltemal wakker is." Marcelle kyk vraend na haar maar hy vra nie vrae nie. Hy vertrou haar genoeg om te weet sy sal hom in haar vertroue neem as sy wil. Oomblikke later rammel die koets met sy vier swart perde terug na waar Lillie vandaan kom.

Siegfried se verblindende hoofpyn wat sy sig verdof laat hom met 'n kreun teen sy strooi bed terugsak. Hy draai om en raak weer weg in die veiligheid van sy onder-bewussyn.

Dit word sterk skemer as Siegfried wakker word. Hy weet dat hy erge koors moes gehad het, en met 'n sug strek hy hom uit op sy bed. Hierdie keer slaap hy natuurlik.

Die volgende oggend is die ergste verby, maar by Siegfried ontstaan te veel vrae. Hier was iemand by hom, daarvan is hy oortuig. Hoekom is hy dan nou alleen?

Waar is die hand wat so liggies oor die verband beweeg het? Hy lig homself in 'n sittende posisie, en soek in die skemer na die stem wat hom so strelend gerus gestel het.

Siegfried probeer later die oggend opstaan en verward kyk hy om hom rond. Sy enkel is nog baie seer, maar hy kan effe daarop trap. Hy vryf oor sy oë en soek rond na die engel wat langs hom was. Die hele nag was gevul met koorsdrome maar deurentyd was hy bewus van die engel by hom. Hy is seker dat hy nie sy eie gesig kon afkoel nie, maar hier is nou niemand. Hy vryf oor die verband om sy kop en verwonderd raak hy daar waar die wond moet wees.

Hier was iemand, hy is doodseker daarvan, maar wie dit was weet hy nie. Sy bene is bewerig as hy na die deur hink. Die storm is verby en hy kan nie glo dat daar soveel verwoesting was waarvan hy onbewus was nie. Vir die volgende twee dae bly hy in sy huis om sy kragte te herwin. Teen die derde oggend voel hy beter en maak hy sy plekkie aan die kant.

Later leun hy op 'n stewige stomp as hy in die rigting van die rotse stap. Op sy ou bekende plekkie gaan sit hy en staar na die see. Die see is minder onstuimig en hy wonder of daar al skepe aan wal gekom het. Miskien moet hy strandlangs stap om te gaan verneem of hier enige skepe aangekom het. Hy is egter nog te bewerig en sy enkel is nog baie styf. Hy besluit om nog 'n dag te wag. Miskien is hy sterk genoeg om in die kom tussen die rotse te gaan kyk vir 'n vars vissie.

Siegfried is nooit haastig nie. Tyd het vir hom geen betekenis nie. Hy grou 'n gerieflike sitplek in die seesand en maak homself tuis, sy oë op die diening van die seewater. Sy enigste geselskap is sy eie gedagtes en vir die eerste keer sedert die ongeluk op die rotse, dwaal sy gedagtes na die tyd in sy vaderland met sy vrou en skoonma.

Met die ou bekende frons tussen sy oë laat hy sy gedagtes gaan na die tyd in sy geboorteland. Vandag is die onthou meer fel as voorheen. Hoekom hy dankbaar is om te leef kan hy nie verstaan nie. Die lewe beteken tog niks, hy het geen toekoms of verlede nie. Sy kop sak vooroor op sy opgetrekte knieë en sy lang hare bedek sy gesig. Beelde verskyn in sy geestesoog en hy probeer om dit met sy vuiste uit sy oë boor. Die onwelkome onthou gedagtes neem van hom besit. Die ure word lank as hy met sy eie gedagtes besig bly. Hy dwaal terug op wieke van tyd.

Hy onthou die oproerigheid wat uit die stede na die platteland gevloei het, Die gemeenskap van kleinboere wat aan die buitewyke van die stad woon, was 'n teiken vir die oproerige skare. Hulle het min veiligheid geniet en moes na hulself omsien. Hulle was die mees blootgestelde deel van die bevolking.

Daardie Vrydagaand was hy baie omgekrap oor die boodskap wat Ma-Victoria van hulle klub byeenkoms gebring het. Hy sou met alles hierdie gerugte van sy vrou wou weerhou, maar helaas hy moes swig voor die geweldige tempo waarmee die nuus hom en sy bure bereik het. Die vrees in Jovanna se mooi oë het hom paniekerig gemaak.

Daagliks het dinge slegter gegaan en hy kon dit nie meer van sy vrouens weerhou nie. Versigtig het hy hulle aangemoedig om hul belangrikste besittings te pak. Dit was sy manier om voorsorg te tref vir ingeval hulle moet vlug. Dinge het lelik geword en daardie wrede nag sal hy nooit vergeet nie.

Sy gedagtegang word onderbreek toe 'n yslike blinklyf uit 'n brander spring en in 'n poel water beland. Die vis skyn in die lig van die ondergaande son, sy skubbe blink helder soos die herinneringe aan sy huis wat aan hom vasklou. Dit is nie net kos nie, dit is sy manier om te oorleef, die een ding wat hom herinner aan die lewe wat hy gehad het. Die vaste vertroue dat hulle eendag sal terugkom. Dit is die energie wat hy nodig het om voort te gaan.

Hy kom orent en rats gryp hy na die gladde vis. Sy hand is seker as dit om die vis se blink lyf vou. Hy klim uit die poel en met sy gesig na die hemel gerig sê hy dankie vir sy vangs. Hy lag kliphard en sak af op sy knieë in die sand.

"Vandag is ek gelukkig want ek is nogal honger!"

Met die vis in sy hand hink hy terug na sy boshuis. Hy slag die vis en maak 'n vuurtjie om sy ete gaar te maak. Die heerlike reuk van gebraaide vis hang in die lug. Sy gedagtes vermeng met die rookreuk wat die lug in sweef. Dit is sy eerste werklike maaltyd wat hy self moes berei na sy val teen die rotse. Hy smul hongerig totdat daar net 'n hopie grate oorbly. Kort-kort gaan sy gedagtes terug na die engel langs sy siekbed. Was dit Jovanna wat hom in sy onderbewussyn kom versorg het?

Laat daardie aand lê hy plat op sy rug en staar na die duisende sterre terwyl hy soos altyd met homself gesels. Sy enigste geselskap!

"Jovanna, waar is jy my vrou? Sien jy dieselfde sterre as ek? Wink hulle ook by jou as 'n boodskap van my aan jou? Hoe lank gaan ek nog die see dophou vir die skip wat jou na my gaan terug bring?"

Siegfried verstaan nie dat daar geen waarborg is dat al die bannelinge Suid-Afrika toe sou kom nie. Sy geloof is gevestig op die hoop dat hy sy vrou weer gaan sien.

HOOFSTUK 4

Weke gaan verby en een oggend teen dagbreek, net voor die son oor die see opkom, klink die diep gesteun van die horing uit 'n skip oor die see. 'n Skip kondig sy aantog aan!

Siegfried sit vervaard regop. Dit is 'n geluid wat hy meer verwelkom as enigiets anders. Hy spring uit sy slaapplek en ruk die deur van sy huis oop en dan gooi hy sy arms in die lug. Daar is dit weer. Hierdie keer die knal van die kanon wat sy boodskap stuur dat daar passasiers is wat aan wal moet kom. Hy storm na buite en hardloop so vinnig hy kan na die branders. Jubelend sien hy die bollende seile wat diep vanuit die see aankom.

Hy huiwer nie vir een minuut nie. Met lang hale begin hy draf, die lang afstand na die hawe krimp as hy sonder om te rus nader hardloop. Hy hoor die stemme van die skare op die strand voordat hy hulle kan sien. Sy bors brand, nie net van inspanning nie, maar van afwagting. Vandag gaan hulle kom. Vandag is hy oortuig van sy saak! Die gedagte sit vleuels aan sy voete en sy asem jaag harder as hy die hawe nader.

Sy frons verdiep as hy die tekens van die gety lees. Vanaf die land is die wolke laag en grys. Die dreigende storm gaan dit onmoontlik maak vir die skip om nader te beweeg. Verder is dit gevaarlik om mense in die ruwe see te water te laat. Vir Siegfried voel dit asof hy die stormsee sal aandurf en swem tot by die skip. As hy net weet of Jovanna op die skip is. Aan die vlag wat kort-kort deur die digte wolke sigbaar word, lyk dit vir hom na 'n Nederlandse skip, maar hy geen nie om nie. Sy sal op een of ander skip wees!

Teleurgesteld gaan sit hy met sy kop in sy hande teen 'n rots, peinsend en in afwagting. Hoe lank gaan dit neem voordat die skip kan naderkom?

Later daardie middag vou Siegfried sy dik velkaros wat om sy skouers was oop en druk dit in 'n kom tussen die rotse waar hy vir hom 'n skuiling prakseer. Van hier kan hy kort-kort die boeg van die skip sien as die wind die wolke effe wegwaai. Dit neem net 'n rukkie voor die deur-dringende reën in vlae neerstort.

Die storm woed voort asof dit nooit gaan ophou nie. Siegfried verlaat nie sy skuiling vir 'n oomblik nie. Hy wag! Soos hoeveel maande al wag hy. Hulle moet net kom! As hulle hier is gaan hy werk soek aan die Kaap en weer vir hulle 'n huis kry. Jovanna moet net so bietjie wag vir die baba wat sy so begeer. Mama wil so graag 'n ouma wees? Sy hart bons by die wonderlike vooruitsig van hulle drie saam langs die wiegie van 'n baba.

Hy is so diep in gedagtes versonke dat hy verdwaas na die sonstraal gryp wat oor sy hand kruip. Dit is die derde dag hier op die Kaapse strand en met 'n kreet spring hy regop vanuit sy rotsskuiling. Hy strompel haastig na vore asof hy die sonskyn in sy hande wil vasvang! Hy skreef sy oë om te probeer sien of daar enige beweging by die skip is. Dit is egter te ver en geduldig wag hy vir die kanon wat sy teken gaan gee dat die skip die eerste platboom bootjies te water gaan laat.

Hy was sy gesig in 'n poeletjie seewater en knoop sy lang hare in 'n bolla in sy nek. So onopmerklik moontlik stap hy nader na waar die skare begin saamdrom. Sommige kom wag vir geliefdes wat hulle weet op die skip is, ander kom vir noodsaaklike negosie ware wat te koop aangebied gaan word.

Die Kaap verander in 'n miernes van bedrywigheid soos die bootjies meer sigbaar word. Koetse en perde rammel nader om die eerste passasiers na die beste herberge te neem. Passasiers word met sorg in roeibootjies gelaai en aan wal gebring. Dit is 'n tydsame proses, want reisigers word in rangorde en volgens aansien aan wal gebring. By aankoms weerklink jubel krete soos geliefdes verwelkom word.

Siegfried neem stelling in vanwaar hy elke aankomende roeibootjie kan dophou. Die aantog neem gewoonlik 'n paar dae en sy wakker oë bestudeer elke gesig met hoop en spanning van afwagting. Sou Jovanna al ouer geword het? Die vraag wat hom laat giggel is: sal hy Mama nog herken? Hy wonder of hulle hom ooit sal herken! Skielik verskerp sy sintuie. Daardie vrou! Sy hart klop so vinnig dat hy bevrees is dit gaan by sy keel uitspring.

Hy druk deur die wagtende mense-muur terwyl hy sy oog op die vrou met die bruin rok hou. Sy het 'n doek oor haar hare as beskerming teen die sterk wind. Hoe nader hy kom hoe meer jaag sy asem. Dit is sy!

Hy steek sy hand uit om haar te dwing om na hom te draai. Met sy hand op haar skouer kom die naam skor oor sy lippe.

"Jovanna!" die vrou draai stadig na hom en dan verstok die uitroep in sy smekende uitroep. Die vrou ruk haar skouers om en skud sy ruwe hand van haar af. Haar stem is skril as sy gereed maak om hulp te ontbied.

"Mijnheer! Wat dink jy doen jy!" Siegfried versteen! Hy laat val sy hand moedeloos langs sy lyf! Teleurstelling maak hom naar en hy veg om op sy lam bene te bly. Dit is nie sy vrou nie. Hy is egter te laat want voor hom verskyn twee veiligheidswagte. Sonder seremonie gryp hulle hom aan sy arms.

"Sieur, jy oortree! Ons is hier om die veiligheid van besoekers, veral dames aan ons land te verseker." Hulle steur hulle nie aan sy poging om te verduidelik nie en wend hulle na die vrou.

Sy staar na Siegfried se hulpelose, smartgevulde gesig, en besef dat hy haar met iemand anders verwar het.

"Dankie Sieurs, dit was 'n misverstand, ek maak verskoning vir my optrede. Asseblief laat die man gaan, ons ken mekaar nie."

Die wagte draai weg en Siegfried is nog te verdwaas om verskoning aan te bied. Verslae staar hy die vrou agterna wat van hom wegstap. Hemel! Hy was nou so seker dat dit sy vrou is! Hierdie opflikkering is meer as wat sy oorspanne gemoed kan verwerk. Hy besef dat daar nog passasiers is wat wag om aan wal te kom. Hierdie keer wyk hy na die verste buitewyke van die gedrom maar nog so dat hy kan sien. Hy veg teen trane van teleurstelling.

Nog twee dae gaan verby en teen laatmiddag van die vyfde dag kom die kaptein aan wal. Siegfried weet wat dit beteken, die passasiers is almal aan wal! Weereens het hy te vergeefs gehoop. Teleurstelling pols deur sy afgematte liggaam. Vir die soveelste keer in die afgelope jare, stap hy sleepvoetend terug na sy huis.

Daardie oomblikke terwyl hy geglo het die vrou is Jovanna het sy moed gebreek. Moet hy blou klou aan sy hoop op 'n wedersiens? Dae kom en gaan en Siegfried verloor tred met die tyd. Daagliks bespied hy nog die horison vir nog tekens van bollende seile in die wind. Hy wag vir die see om sy geliefdes terug te bring, maar tegelykertyd ook die paadjie na die bos.

Sy eensaamheid maak hom verbitterd as hy besef dat Lillie ook weg is. Hy weet nie waar sy bly nie, nog minder wie sy regtig is. Hy weet net sy is Lillie, die vrou met die sagte oë, wat sy verflenterde gemoed verstaan. Vir die eerste keer in jare was daar iets waarna hy kon uitsien, die verskyning van die vrou uit die bos.

Die Kaapse weer het geen genade nie, Vir dae aaneen woed die wind en bring dit storms en reën sonder einde. Siegfried is in sy beskutting vasgekeer en hy weet sonder twyfel dat madame Lillie nie by hom kan uitkom nie. Hy is gewoond aan die nat weer en hy trotseer die natuur om 'n vars vis uit die see te gaan haal.

Vanaand het hy vroeg klaar met sy aandete en hy strek homself uit op sy slaapplek. Sy gedagtes voer hom weg na die jare in sy geboorteland. Hy onthou die kratte met hulle besittings wat Jovanna en haar ma pak. Niks kon hulle egter voorberei vir dit wat op wat op hulle gewag het nie.

Dit was na-nag, maar ver van dagbreek. Hy het wakker geword van die geluide van stemme wat roep en skree. Dit was nog ver en dof, maar onmiskenbaar het hy dit hoor naderkom. Hy het opgespring en by die venster gaan staan. Dit was baie donker maar die naglug het die klanke gedra. Sag het hy na Victoria se kamer gesluip en aan haar skouer geraak. Sy was onmiddellik wakker.

"Wat is dit Siegfried?"

"Mama Victoria hier kom moeilikheid. Ek kan nie mooi hoor nie, maar die stemme klink na die van soldate wat bevele uitskree."

"Verskoon my Siegfried!" hy het terug na die venster beweeg waar sy oomblikke later by hom aangesluit het. Die stemme was nou nader aan hulle en Victoria het haar arm om sy lyf geplaas.

"Sieg, jy sal Jovanna moet wakker maak. Ons moet gereed wees."

Dit was die moeilikste nag van sy lewe. Hy kon sy vrou se vrae nie beantwoord nie. Mama Victoria het vir hulle iets te ete gemaak asook 'n mandjie met noodsaaklike voedsel gepak. Die geraas het nader gekom en hy kon dit nie meer ontken nie. Soldate op perde, het vooruit gejaag en opdragte uitgeskree.

Onverwags en heeltemal te gou was die soldate op hulle. Hy het besef dat om hom tee te sit gaan erger wees. Hy het die deur oopgemaak en terug gestaan. Jovanna agter hom en Victoria fier en regop langs haar. Die voorste soldaat het die laai van die eetkamertafel oopgeruk en triomfantlik hulle familie Bybel in die lug gehou.

"Hier manne, nog 'n klomp christelike sotte! Maak skoon," hy het Siegfried hardhandig vorentoe geruk, maar Jovanna het huilend aan hom vasgeklou. Die soldaat het minagtend die woorde na hulle geslinger.

"Moenie nou ween nie jou arme gek. Hoekom bid jy nie nou vir jou sogenaamde beskermer om julle te kom verlos nie?" Siegfried het op sy tande gebyt en albei die vroue se hande styf vasgehou.

Hulle was uit hul huis gestamp en sonder die voorreg om eens enkele kledingstukke saam te neem is hulle soos diere vooruit gejaag. Die soldate op die perde het hulle soos skape tussen die reeds groot skare vlugtelinge ingejaag. Mama Victoria het geklou aan haar sak met kos, maar ook dit is later van haar afgeneem.

Stede is as gevolg van geloofsoortuigings en die politieke situasie oorgeneem deur die ver regse party. Duisende mense soos hulle moes vlug, die nag in sonder heenkome.

Met sy een hand in Mama Victoria s'n en Jovanna s'n in sy ander hand het hy verbete aan hulle vasgehou. Die stroom van vlugtelinge het hulle in die rigting van die hawe gestuur. Niemand het geweet waarheen hulle gaan nie, net 'n eindelose stroom van vlugtelinge. 'n Skare verbouereerde mans, vrouens en kinders, met soldate wat hulle meedoënloos voortjaag. Sy gedagtegang is nou onstuitbaar. Weereens laat hy homself toe dat haat en verlange die oorhand kry.

Die hek was uiteindelik voor hulle. Dit was donker, die lug gevul met klanke van huilende vrouens en kinders wat na hul mammas roep. Hulle was soos diere in 'n drukgang. Honderde mense wat meedoënloos aangejaag word. Hoe nader die kaai kom hoe harder die vrouens se gille wat hul kinders verloor. Mans wat na hulle gesinne roep, en bo alles die wagte wat in onmenslikheid op die vlugtelinge vloek.

Wat Siegfried nooit kan vergeet nie is die smalende uitdagings:

"Hou op huil julle stommerike en bid! Julle glo mos aan 'n Verlosser! Bid! Hy sal julle kom verlos!"

Die geskree is vermeng met die histeriese gehuil van kinders wat hul ouers verloor. Tussendeur vloek die soldate terwyl hulle met swepe aangejaag word in die rigting van die stank van die kaai.

Siegfried was dankbaar toe hy die oop hek voor hulle gewaar. Hy het die twee vrouens agter sy rug probeer wegsteek, dit was 'n dwase besluit. 'n Verwoede sweepslag het hom oor sy skouer en in sy gesig getref. Instinktief wou hy keer en het Jovanna se hande losgeglip van syne. Hy wou voor hulle deur die opening beweeg, maar die onbeheersde mensemassa het hulle uit sy hande geruk. Rasend van vrees het hy sy vrou se blonde hare sien wegraak. Sy het om hulp geroep, haar hande na hom uitgestrek, sy kon sy gille soos hy na haar roep nie hoor nie.

Die malende skare het haar verslind, hy kon haar nie bereik nie … vir 'n paar oomblikke het hy haar oopgesperde mond gesien, trane wat haar verblind, en toe was sy weg! Sy was net weg, sy hande was nie sterk genoeg nie. Sy brullende geroep het in die skreeuende stemme verswelg geraak. Sy desperate trane het in sy baard verdwyn! 'n Muur van menseliggame het hom deur die opening na die hawe forseer. Hy kon nog een maal omkyk en desperaat oor die skare gil! "Jovana, Jovana!" Maar sy was weg!

Hy was omring deur mans en soldate … het homself teëgesit … maar die oormag was te groot. Rillings gaan deur sy liggaam en hy hoor skaars die gedreun van die branders. In sy bleek gesig is sy blou oë weer net so verskrik in sy gesig so bevrees soos daardie helse nag.

Emosioneel uitgeput sak hy teen die rotse neer. Vir die soveelste keer in maande laat hy toe dat die verlede stukke uit sy vernielde hart ruk. Hy besef nie dat sy wange nat van trane is nie. Eensaamheid pyn fel deur sy hart, erger as wat dit ooit was. Dit is so intens dat hy wens dat die helse pyn hom sal laat sterf. Die onsekerheid, die gemis, die woede en magteloosheid! Hoe lank sal hy nog kan wag? Op sy knieë hou hy sy arms uitgetrek bo sy kop en lig sy ken. Wenend bid hy kliphard! Roep hy na die Een wat weet hoekom hy sy vrou moes opoffer! Sy geloof is al wat hom staande hou.

"My geloof is groot genoeg! Bring my gesin terug Vader! Ons sal U vir ewig aanbid." Ure later sit hy uitgeput terug teen 'n dik sandbank. Sal sy gebede eendag beantwoord word?

Wat het hom weer aan daardie nag laat dink? Is dit omdat hy vir die eerste maal in jare iemand gesien het wat na Jovanna lyk? Of is dit die aanraking van 'n mens van vlees en bloed? Die koms van Lillie, die vrou uit die bos?

Hoe lank hierdie selfkastyding van onthou geduur het weet hy nie, maar as hy bewus raak van sy omgewing het die wind en storm effe bedaar en gebukkend stap hy na buite. Die flentertjie maan wat probeer deurkom is meer ontstellend as gerusstellend. Hy steek sy hande na die donker hemelruim en skor vra hy:

"Silwermaan, weet jy waar hulle is? Jy was getuie van daardie vreeslike nag? Kan jy nie maar met my praat nie." Hy druk sy ruwe vuiste oor sy traannat oë en veg nie teen die rukkings wat smart in sy groot lyf veroorsaak nie. Vir die soveelste maal breek die groot man se uithouvermoë in stukke.

Hy sak af op sy knieë in die sand en verbaas vloei die woorde oor sy lippe. Met hernude ywer bid Siegfried weer; nie vir 'n skip oor die see nie, maar vir 'n wonderwerk in sy lewe. Woorde aan God spoel oor sy lippe.

"Weet U waar sy is? Is hulle veilig? Sal U hulle na my toe terugbring?" Hy sak uitgeput op die sand neer en voel hoe hy kalmeer nadat hy sy hulpkreet aan sy Skepper kon bring. Miskien het hy aan die slaap geraak, maar hy sit regop en volg die gekras van seemeeue wat oor die branders baljaar. Die son is reeds hoog en verras sien hy die vrou oor die strand aangestap kom..

Lillie! Haar fyn figuurtjie bring nou 'n gelukkige glimlaggie om sy mond. Sy het weer gekom. Hy sit doodstil en hou haar dop soos sy naderstap.

HOOFSTUK 5

Asof Siegfried se gebed verhoor is! Lillie het weer gekom. Hierdie keer sien hy haar voor sy hom sien. Sy kom tussen die bome uit en asof sy 'n wese vanuit 'n kinderverhaal is sweef sy oor die sand. Sy oë volg haar en hy verlustig hom in die wonderwerk van iemand wat na hom kom soek. Later kan hy homself nie meer beteuel nie en hy stap haar verwelkomend tegemoet.

Met uitgestrekte arms stap hy haar tegemoet en asof dit die natuurlikste ding op aarde is, vou hy haar teen sy bors vas. Hy kan nie die blydskap uit sy stem hou as hy sê:

"Jy het gekom! Weet jy dat ek jou gemis het?" Hulle is bewus van mekaar se fisieke aanraking en albei voel asof dit hul pyn verlig. Die groot man se hartklop teen Lillie se oor stel haar so gerus dat sy vir die eerste keer in jare vrede oor haar voel spoel. Sy is bewus van die verandering in die man se houding ook. Asof die onsigbare skans tussen hulle verdwyn het.

"Ek het jou ook gemis Siegfried."

"Kom ons gaan kyk of ons 'n vis gevang kan kry"

"Wag Siegfried." Sy hou hom teë en oorhandig die rowwe biesiemandjie na hom uit.

"Wat het jy in daardie mandjie?"

"Vandag is dit my beurt om die maaltyd te voorsien." Dit word 'n onvergeetlike dag. Vir die eerste keer in jare ervaar hy die geur van sag gestoomde lamsvleis en gekookte groente. Dit is weelde waarvan hy al vergeet het. Lillie verlustig haar aan die oorgawe waarmee hy eet.

Hy vee sy mond met 'n nat lappie uit die mandjie af en skuif met sy rug teen 'n rots.

"Ek het nog iets in die mandjie Siegfried."

Verbaas staar hy na die fles met koffie wat sy te voorskyn bring. Die reuk laat hom sprakeloos. Die geur van vars koffie meng met die soutreuk van die see. Dit bring herinneringe terug van aande saam met sy twee vroue langs hulle kombuistafel. Hierdie keer met minder pyn en hy verwelkom die mooi herinnering. Na die derde koppie koffie bedank hy haar en maak 'n beleefde opmerking oor sy vol maag.

Na hierdie dag bring sy gereeld vir hom lekkernye saam. Beskuit, biltong en vars melk. Weelde waarvan hy al vergeet het. Siegfried se omstandighede begin verander maar die man van die see soek nog daagliks na die skip wat sal kom.

Dit is nou byna 'n jaar vanaf hulle eerste kennismaking. Die spanning wat aan die begin tussen hulle was is weg en hulle gesels asof hulle naby familie is. Tot eendag wat hy sy nuuskierigheid nie meer kan beteuel nie.

"Lillie vertel my waarheen jy elke keer verdwyn? Ek weet nog steeds niks meer van jou as die eerste dag nie. Waarheen verdwyn jy as jy my hier alleen los?"

Sy glimlag effens en kyk stip na die see voordat sy met smart in haar stem begin vertel:

"Siegfried, net soos jy het ek ook alles verloor, my man en my seuntjie, hy was net agt jaar oud. Inboorlinge het wrede aanvalle op die grensboere geloods, maar ek het die aanval oorleef. Soos jy, het ek ook so baie gevra – hoekom ek, hoekom albei, my man en my kind. Hulle is al wat ek gehad het?"

"Hoe lank gelede is dit Lillie?"

"My klein Micheal sou nou twintig wees. Sy lykie is nooit gevind nie, net die van my man."

Haar hartseer is so vlak in haar stem dat Siegfried sy hand vertroostend oor hare plaas, sy eie pyn vir 'n oomblik vergeet. Haar stem is skaars meer as 'n fluistering as sy weer praat.

"My man en twee van sy vriende het diamante in die Noorde gedelf. Hulle was oppad na hule delwers kleim. My seun het vir die eerste keer saam met sy pa gereis. Ek was so bekommerd, maar kon dit nie keer nie. Een man het vooruit gery om die aandag van hulle af te lei. Dit was baie gevaarlik, want barbaarse inboorlinge wat te lui was om te werk, het gereeld die boere aangeval. Hulle het geweet die mans kom gewoonlik terug met diamante, dis wat hulle wou hê.

Helaas die diamante was by die ander vriend wat vooruit gery het en my gesin is sonder rede vermoor. Ek kon my man se liggaam ter ruste lê. My kind se liggaam is nooit gevind nie. Jy sien my jonge vriend, aanvaarding kom nie in die oplos van jou pyn nie, maar in die aanvaarding daarvan. Vergeet sal ons nooit maar om met vrede in jou hart te onthou is om gesond te word in jou gees."

Siegfried luister doodstil en sonder om nog vrae te vra, bied hy vir haar 'n koppie koffie aan. Hy sal later verder hieroor dink.

Op sy beurt vertel hy haar van die nag op die hawe in Frankryk. Sy stem was rou terwyl hy hortend vertel. Hy herleef die verwoestende gebeure, ruik die olie en rook van die wagtende bote, hoor die geroep van histeriese mans voue en kinders wat van mekaar losgeskeur word.

"Jy het hulle nie weer gekry nie? Is dit hoekom jy nog wag?"

Skor kom die verbitterde antwoord:

"Ek het in die boeg van 'n skip wakker geword, tussen honderde bannelinge. Vuil, swetende, swetsende mans. Vir weke het ons met min kos en nog minder water in die donker tussen ankertoue en honger rotte gebly. Koorssiek liggame, sterwende mense, ontlasting en urine reuk totdat jy naderhand niks meer voel nie. Ek weet dat ek oorleef het is 'n wonderwerk, maar sonder my vrou en my skoonmoeder kon ek netsowel gesterf het. 'n Leeftyd later, of miskien was dit 'n ewigheid? Ek kan nie onthou nie, maar die Kaap was eendag daar, die eerste vasteland waar ons voet aan wal gesit het."

"Ek is so jammer my vriend. Miskien moet jy, net soos ek, die onvermydelike aanvaar. As jy berusting vind sal jy genees."

"Genees om wat te doen? Sonder 'n toekoms, alleen en eensaam?"

"Dit is ook waar, maar jy het nou vir my, my vriend. Ek glo ons het 'n doel in mekaar se lewens. Vertrou my asseblief."

Hulle besef albei dat 'n wonderwerk hulle bymekaar gebring het. Die lang bebaarde strandloper en die fyn vroutjie in haar lang rokke. Wat dit is sal hulle later uitvind.

Wat nooit verander nie is tyd. Die siklus van kom en gaan. Elke verrassings besoek van Lillie word weer 'n tydperk van lang wag en eensaamheid. Niks is vir altyd nie, en hy op om te glo aan 'n toekoms. Tye is so moeilik dat Lillie soms vir baie lang tye wegbly. Die strandloper leer dat niks 'n vaste belofte is nie, behalwe die wete dat daar eendag 'n hiernamaals wag, iets wat nooit in sy hart sal verflou nie, is die geloof waarvoor hy alles opgeoffer het nie.

Siegfried stap weer uit op die strand. Sy geoefende oog merk die buitelyne van die seile van 'n skip teen die horison. Sy hart begin soos altyd, wild klop en oomblikke later draf die lang kaalvoet man teen die strand langs in die rigting van die Kaapse hawe. Hy verneem oral rond, maar niemand weet vanwaar die pragtige seilskip kom nie. Vir dae lank wag hy geduldig terwyl sy opgewondenheid daagliks groei en in ongeduld verander. Dae gaan verby en dan wonder bo wonder klink die kort kanonskote en breek die seile die horison. Teen vroeg middag vaar die skip die hawe binne. Sy oë was vasgenael op die seile soos iemand wat na 'n wonderwerk kyk. Die dae van wag het sy siel uitgerek soos 'n tou tot op breekpunt – elke uur 'n gewig wat hom wou laat sink.

Passasiers kom aan wal, dan bagasie, dan die kaptein. Hy ondersoek elke gesig met hoop en geloof. Ongeduldige bemanning jaag die verwaarloosde man weg. Vir hulle is hy 'n sakkeroller wat opgepas moet word. Niemand antwoord sy vrae nie. Dit word nog eens 'n dag wat hy doelloos soek en hoop.

Vir die soveelste keer is Siegfried se hoop te vergeefs. Die angs, soms iemand wat tog bekend lyk. Wanneer hy naderkom is al wat hy kry teleurstelling. Die wisselende emosies is besig om sy tol te eis. Sleepvoetend slenter hy weg van die rumoer. Moet hy aanvaar dat hulle vir ewig weg is? Terugkeer na sy boshuis, altyd alleen. Sonder om te eet of die strand te besoek sit hy in sy boshuis asof hy wag vir die dood om hom te kom haal. In die skemer het die stilte hom toegedek soos 'n kombers, maar geen warmte gebring nie. Elke hartklop herinner hom dat hy nog leef terwyl hy moedeloos smag na die vergetelheid van die dood.."

Hoeveel dae verbygegaan het kan hy nie onthou nie, maar die ingeboude wet van die natuur dwing hom na buite. Doelloos drentel hy oor die strand, verby die rotse tel hy 'n paar planke op voordat hy terugstap. Soms wens hy dat hy iets het om mee te skryf. Sy lewe voel so doelloos, miskien sal dit help om 'n dagboek te skryf? Hy skud die gedagte van hom af en stap voort.

Eers dink hy dat hy hallusineer. Bevrees koes hy agter 'n rots weg. Dit is die figuur van 'n man wat by sy rots staan. Behoedsaam stap hy sluip-sluip nader. Dit is nie Lillie nie, die persoon is te groot. Soos hy stadig nader sluip raak hy meer versigtig, want hy is nou oortuig dit is 'n man. Voorspel dit moeilikheid? Sy liggaamshouding raak meer gespanne en hy is gereed vir enige gebeurtenis.

Hy is naby genoeg om die man se liggaamstaal te lees, en hy begin effe ontspan. Die man is nie hier om moeilikheid te maak nie. Inteendeel hy is self erg gespanne en hy bly soekend oor die strandgebied loer.

Siegfried besluit om die kat en muis speletjie te laat vaar. Hy kom uit agter die rotse en stap reguit na die besoeker toe. Hy kan die onsekerheid op die man se gesig sien. Hy is geklee in die tradisionele swart driekwart broek en 'n rooi punt baadjie van 'n koetsier. Sy wit pruik hang tot op sy skouers en 'n swart punt hoed bedek sy kop.

As hulle binne hoorafstand van mekaar is, buig hy hoflik en lig sy hoed in 'n gebaar van vriendskap van sy kop. Hy steek sy ander hand na Siegfried uit in 'n vriendskaplike groet.

"Dagsê Mijnheer, verskoon my voorbarigheid. Ek kom in vrede." Sy stem is goed gemoduleer en Siegfried stap hom tegemoet.

"Gegroet Monsieur, wees welkom. Is daar iets wat ek vir u kan doen?"

Marcelle, die lakei van Lillie, speel sy rol meesterlik. Onder geen omstandighede mag die Siegfried weet dat hy hom reeds ontmoet het nie. Die man is groter as wat Marcelle onthou, en 'n skyn van glimlag speel om sy mond. Hy onthou die gewig van daardie beseerde man wat hy moes dra. Hy besef dat hy iets sal moet sê.

"U is Monsieur Siegfried?"

Die bebaarde strandloper is momenteel uit die veld geslaan. Hoe weet die man wie hy is?

"Jammer dat ek kom inbreuk maak op u privaatheid, maar ek is hier op 'n sending."

Die lakei staar na die verwaarloosde strandloper, hopelik sal hy homself nie verraai nie.

"Dit is vreemd Mijnheer. Ek ken niemand nie, wie sou u na my toe stuur?" probeer Siegfried tyd wen. "Vanwaar is U en die belangrike boodskap?"

"Die boodskap is van Madame Lillie." Siegfried se maag maak 'n hol draai en waaksaamheid kruip in sy oë.

"Is daar fout met haar? Hoe het U geweet waar om my te vind?"

"Hier Monsieur Siegfried. Dit is 'n brief met haar persoonlike stempel. Sy het my gestuur en verduidelik waar om u te vind. As u dit sal oopmaak, ek gee U paar minute privaatheid." Die man stap weg van hom en laat hom toe om die brief oop te maak.

Siegfried se hart klop wild in sy borskas as hy die seël breek. Die inhoud is net 'n paar reëls.

"My geliefde vriend,

Ek skryf met 'n swaar hart en 'n ligte hoop. Ek is nie so sterk soos ek dink ek is nie. Ek het geval en my enkel beseer. Dit is nie ernstig nie, net ongemaklik.

Ek mis ons tye saam meer as wat ek wil erken. Kom asseblief na my toe; jou teenwoordigheid beteken meer vir my as wat woorde kan sê."

Ek stuur my persoonlike Lakei na jou. Indien jy enigsins jou weg oopsien, hy sal jou kom haal wanneer ookal vir jou geleë is. Sy naam is Marcelle. Hy sal jou kom haal. Dit sal baie vir my beteken.
Groete Lillie.

Siegfried frons en lees die kort nota weer oor. Sy gevoelens in 'n warboel. Hy draai vir 'n oomblik na die see en in sy hart begin die eerste woelinge van besluitneming. Tot hier was sy lewe eenvoudig. Sy enigste doel is om hier te wag vir skip wat Jovanna moet terugbring.

Dan ruk die besef deur sy liggaam! Hoe lank nog? Is dit wat hy wil doen vir altyd? As hy die strand verlaat en sy kom in hierdie week? Wat is die kans!

Hy weet hy sal sy antwoord aan die wagtende koetsier moet gee. Hierdie besef laat hom op die seesand kniel. Hy bid ernstig met geloof in sy hart.

Jovanna is hoop. Lillie is werklik. Lillie het hom nodig, fisies vandag! Sy reik uit na hom.

Agter hom wag die Lakei geduldig terwyl hy die groot strandloper dophou. Dat die man 'n innerlike stryd voer is duidelik. Hy dink aan Madame Lillie se woorde:

"Probeer jou bes Marcelle, maar moet hom nie dwing nie. Hy moet vrywillig kom."

Sy kniebuiging was sy instemming, hy sal enigiets doen om die vrou tevrede te stel. Sy is goed vir hom en daarom sal hy sy bes doen. Hy volg die strompelende man as hy terug na hom stap. Hy glimlag geheimsinnig vir die woorde van Siegfried.

"Hoe moet ek weet waar om haar te kry? Ek ken nie haar adres nie?" Siegfried se stem is onseker.

"My opdrag is om u weer te kom haal, of jou vandag saam met my te bring. As u tyd nodig het Monsieur kan ek terugkom wanneer dit u pas." antwoord die man hoflik.

"Hoe ver is die reis na haar? Sal dit moontlik wees om binne 'n paar dae weer te kom?"

"Ek kan weer kom Mijnheer. Dit is sowat ses ure met die koets."

Siegfried ruk sy kop op! Is dit hoe ver die vrou alleen moes reis om by hom uit te kom? Hy neem 'n blits besluit. Sonder om nog te huiwer trek hy sy skouers terug en draai weg om sy tuiste te gaan beveilig. Die lakei wag geduldig, hy verstaan die man se min woorde. Na 'n paar oomblikke keer hy terug, en kortaf beveel hy:

"Kom ons gaan." Met 'n buiging draai die koetsier weg begin aanstap na die bos. Siegfried val agter die koetsier in.

Marcelle steek sy verligting goed weg as hy sien hoe Siegfried agter hom inval. Die bos is nie baie groot nie en gou is hulle deur die digte bome, die son skyn weer helder as hulle die anderkant bereik. Siegfried se verbasing staan openlik oor sy gesig geskryf as hy die pikswart koets met vier ewe swart perde aan die rand van die bos opmerk.

Die weelderige koets het die teken van Lillie se familiewapen op sy deur. Vir 'n oomblik oorweeg hy dit om hasepad te kies! Hierdie is nie 'n koets wat aan 'n gemiddelde weduwee behoort nie. Daar is egter nie omdraai tyd nie want Marcelle hou reeds die koetsdeur oop en beduie vir hom om in te klim. Met lam bene klim hy teen die trappies op en sak op die weelderige bankie neer. Vir 'n oomblik wens hy dat hy liewer voor by die koetsier kan sit. Sy verslete klere is 'n yslike teenstelling met die weelde van die koets. Die koetsier maak die deur toe en bestyg die Voorbok, die drywer se bankie.

"Dankie, Mijnheer U sal nie spyt wees nie." Nuuskierig sien hy hoe die koets met die smal pad begin afry, in die rigting van die berg. Hy maak seker dat hy bakens langs die pad memoriseer. As hy moeilikheid kry moet hy sy strand weer kry.

Dit word 'n lang rit, iets wat Siegfried nooit sal vergeet nie. Behalwe dat dit die eerste keer in jare is dat hy weg van die see beweeg, is hy verstom om te sien hoe ruig die omgewing is. Die berg gooi sy skaduwee ver oor die bos en hy is verbaas om die wild te sien wat voor hulle uitvlug.

Na sowat 'n uur roep Marcelle iets uit en bring die koets tot stilstand. Siegfried probeer sien wat die vertraging is, maar hy kan niks sien nie. Die koets staan onder 'n digte laning bome wat hul takke wyd oor die stofpad sprei. Die perde snork liggies wat 'n teken is dat hulle senuagtig is. Al waarvan Siegfried bewus is, is die hitte wat nou in golfies oor die veld sweef en die doodse stilte. Die wind ritsel deur die laning, en die perde trek hulle ore plat asof hulle ook die naderende gevaar voel. Siegfried se vingers klamp onbewustelik 'n onsigbare wapen vas, sy gedagtes wild tussen waarskuwing en kalmering. Spanning pluk aan sy asemhaling.

'n Skaduwee langs die koets laat hom gereed maak om af te spring. Hy kan nie sien wie langs die koets is nie, maar hy hou die skaduwee dop. Uiteindelik na 'n spannende paar minute verskyn Marcelle se gesig by die venster.

"Jammer vir die oponthoud Mijnheer, alles is nou weer veilig ons kan nou weer vertrek."

"Wat was die probleem dan?" vra Siegfried nog erg gespanne.

"Dit was niks ernstig nie Mijnheer, net 'n swerm voëls wat 'n ent voor ons uit die bome gevlieg. Ek moes net seker maak wat hulle gesteur het. My waarneming is dat dit miskien 'n trop wild was."

"Wat het jy anders verwag?" die Lakei lag saggies as hy na Siegfried luister.

"Kon dit vyandig gesinde inboorlinge wees?"

"Beslis!" kom die onmiddellike antwoord. "Hierdie gewoonte is afgesonder en enkele reisigers is altyd 'n teiken. Ons is in 'n gebied waar ook roofdiere beweeg. Ons bly paraat."

Siegfried sien nou vir die eerste keer die lang loop van die swaar kaliber geweer in die koetsier se hande. Die ou vergete gevoel van haat brand in sy bors. So is hulle soos troppe diere aangejaag deur swetsende soldate. Vir 'n oomblik moet hy veg teen die begeerte om die bosse in te hardloop. Kopskuddend druk hy sy vuiste teen sy oë om die beelde te verjaag.

Die koetsier is onbewus van die verwaarloosde man se stryd in sy binneste. Hy klap sy hakke teen mekaar en bestyg die koets. Die groot wiele begin rol en gou hoor hy weer die eentonige geknars van gruis onder die wiele. Die koets skud heen en weer want die koetsier kan nie al die slaggate vermy nie, die afgelope tyd se storms het die pad erg verspoel, maar die koetsier is 'n bedrewe drywer.

Siegfried sit versteen, net sy eie gedagtes om hom aan te kla. In hierdie omstandighede het Lillie, vrou alleen, na hom toe gery? Hy besef nou eers watter waagstuk dit vir haar moes wees! Hy voel hoe sy respek vir die fyn vroutjie groei. Is dit hoe eensaam sy is dat sy hierdie pad trotseer het om by hom te kom kuier? Hy voel ietwat beter as hy besef dat Marcelle haar altyd moes vergesel het.

Sy wilde gedagtes jaag soos die branders by die see deur sy stormagtige brein. Het hy die regte ding gedoen? As hierdie 'n lokval is, wat wil enigiemand van hom hê? Hy is net 'n skipbreukeling wat wag op 'n wonderwerk uit die see. Nog iets tref hom soos 'n skoot soutwater oor die rotse.

Wie is Madame Lillie regtig? Hoe weet hy dat hy haar kan vertrou? Wat as iemand haar dreig om hom te ontvoer as 'n slaaf? Die gedagte huiwer vir 'n oomblik, dan dwing hy homself om te kalmeer.

"Wel Siegfried, miskien gebeur daar dan tog iets in jou eentonige lewe!" praat hy saggies met homself.

Hy is so diep in gedagtes versonke dat hy nooit agterkom dat die landskap verander nie. Om hom is nou wuiwende grasvlaktes wat oral oortrek is met, vir hom, onbekende trosse blomme. Die ligpienk blomme is so mooi dat hy vir die eerste keer wens om weer 'n regte kwas en gekleurde verf te kan gebruik. Hierdie blomme sal 'n perfekte skildery wees.

Was daar 'n tyd dat hy potjies vol alle kleure verf besit het? Sy heimwee na sy verlore verlede is so fel dat hy nie agterkom dat die koets skerp na regs swenk nie. Die berge wat netnou nog net 'n silhoeët was, is nou baie nader. Die voet van die majestueuse berge is langs hulle. Hy verstom hom en probeer dit vergelyk met Tafelberg in die Kaap. Hierdie berge is so mooi dat hy snak na sy asem. Waar dit 'n rukkie gelede 'n blou strook was, is die kranse nou duidelik. Soos hulle ry word die berg groter en yslike kranse hang oor die blou berge.

Siegfried ruk sy asem in en verstom hom aan die yslike berg. Weereens raak hy bewus van die koets wat stadiger beweeg. Die koets kom tot stilstand en nuuskierig skuif hy die venster oop. Vraend kyk hy na Marcelle wat in sy gesigsveld inskuif.

"Mijnheer, sjjt... kyk na regs, daar waar die proteas bosse maak. Sien jy die grys kol tussen die takke?"

Siegfried kyk nou met meer belangstelling en dan snak hy na asem.

"Marcelle! Is ek reg? dit is mos 'n renoster familie?"

Marcelle lag vir die man se louter verbasing en in 'n fluisterstem verduidelik hy:

"Hier is baie wild in hierdie geweste. Groot en kleinwild. Ek wil nie hê u moet skrik as hier 'n trop olifante verskyn nie. Wees voorbereid dat hier selfs leeus en luiperds rondsluip."

Siegfried vergeet van sy twyfel gedagtes van vroeër. Hierdie is 'n asemrowende mooi landskap. Dit is ru en ongetem wat die uniekheid van die omgewing verhoog. 'n Nuwe besef tref hom soos 'n skoot koue water! Hier woon Lillie, soos 'n ware pioniersvrou!

"Verskoon my, ek wou u nie laat skrik nie, maar ek moes dit aan u uitwys. Die bergreeks langs ons is die Outeniqua. Dit is die eerste binnelandse bergreeks vanuit die Kaap."

"Dankie dat jy my onuitgesproke vrae beantwoord. Dit is asemrowend mooi. Watse blomme groei so wild teen die hange?"

"Dit Mijnheer, is Proteas. Die Kapenaars is erg trots op hierdie plante. Madame sal jou alles hiervan vertel. Ons is nie meer te ver van die plaas nie."

Die koetsier bestyg weer die Voorbok en gou rammel hulle voort. Dit word baie warmer en Siegfried hou die venster oop ten spyte van die stof dwarrels wat onder die wiele uitstyg. Hy is nou baie dors want die drinkwater in die koets is lou warm.

Hy raak bewus van 'n eentonige plantegroei verder teen die voet van die berg. Dit tref hom en met 'n kreet hang hy nou halflyf deur die venster. Ongetwyfeld is dit wingerde. So ver as die oog kan sien beur die lote teen die helderblou van die hemel op. Hoe nader hulle aan die plaas kom hoe meer verbaas die omgewing hom.

Skaars 'n halfuur later begin die koets stadiger ry, en hy hoor hoe Marcelle met die perde praat. Hy kan sien hulle is moeg, maar hulle is beslis van 'n goeie ras. Dan draai die koets by 'n wit hek wat vanuit die niet verskyn in. In sierlike skrif nooi die naambord die vreemdeling om nader te kom.

Lamotte! Verwelkom U.

Weereens ruk hy sy asem in want dit het hy nie in sy wildste drome verwag nie. Dat hy hier weelde uit die boeke gaan aanskou, maak hom vreemd benoud.

Is dit waar sy vriendin uit die bos woon? Die ouer vrou met die vormlose lang rokke? Is dit moontlik? Of bly sy moontlik in een van die reeks arbeiders huisies wat 'n entjie verder na links versteek is?

Asof hierdie dag nooit aan die einde van sy verrassings gaan kom nie, duik 'n spierwit herehuis wat aan die voet van die berg gebou is op. Die spierwit mure en pikswart grasdak lyk na 'n prentjie op 'n poskaart.

Agter die huis staan 'n paar slawehuise onder yslike groot akkerbome. Hulle vorm 'n geheel met hulle grasdakkies wat aanpas by die opstal. Die druiwe priële begin nou baie nader aan die huis en strek so ver as wat die oog kan sien. Die geheel prentjie laat hom so intens aan Frankryk dink dat trane in sy oë skiet. Dit lyk asof 'n wingerdplaas in die landelike deel van Frankryk voor hom verskyn. Sy intense verlange na Jovanna vang hom onverhoeds.

Voordat hy tot verhaal kan kom hou die koets voor die hoë trappe van die rooi stoep stil.

'n Diensmeisie verskyn in die wye oop deur. Hy besef nie dat sy met 'n mengsel van belangstelling en afkeur na hom kyk nie. Haar streng opleiding laat haar egter nie toe om haar werkgewer se gas onwelkom laat voel nie.

Siegfried is sprakeloos en verstom hom aan die weelde om hom. Hy kan homself skop. Was hy dan so in homself gekeer dat hy dit nie agtergekom het nie? Al die kere wat sy vir hom lekkernye gebring het, die fyn mandjies wat net iemand van weelde sou besit ... tog, het hy haar eenvoudig aanvaar – as sy gelyke. Dit is 'n plaashuis maar beslis nie die van 'n arm boer nie.

Die meisie in haar kraakwit uniform wat tot op die grond reik, maak die deur uitnodigend wyer oop en met 'n Franse aksent nooi sy hom na binne. Hy antwoord haar in sy eie taal. Sy verbaas haar vir die man se suiwer taalgebruik. 'n Fransman hier op hulle voorstoep? Sy is egter welopgevoed en vra nie vrae nie. Sy is net 'n diensmeisie, hierdie man die gas. Siegfried wonder hoe oud die mooi donkerkop meisie is. Hoe kom sy hier by Lillie in die wilde woeste afgeleë Kaapse platteland uit.

Hy het nie tyd vir vrae vra nie, maar soos 'n slaapwandelaar stap hy agter die diensmeisie in die lang koel gang af. By 'n donker houtdeur gaan sy staan en maak 'n deur oop. Met 'n ligte kniebuiging nooi sy hom na binne.

HOOFSTUK 5

Lillie sit in 'n groot diep leunstoel en haar gesig straal as sy hom sien. Sy steek haar hand na hom uit. Siegfried steek in die deur vas en staar na die vrou in die kamer. Sy is geklee in 'n sagte blou tabberd wat versier is met ryk kant en pêrels. Haar hare is in 'n kapsel wat hoog op haar kop gestapel is. Dit is gedoen deur 'n kenner en hy is mans genoeg om die keurige aanwend van grimering raak te sien. Is dit sy Lillie?

Die mooi glimlag wat oor haar gesig breek verhoog haar inherente skoonheid. Hierdie vrou is jonger as wat hy gedink het. Wel ouer as hy, maar beslis nie middeljarig nie!

"Dagsê Siegfried! Jy het nie 'n idee hoe bly ek is nie. Kom binne, kom sit hier by my. Ek is gereed dat jy my gaan roskam, maar glo my ek kan verduidelik. Dankie dat jy gekom het, my vriend."

Sy stem is skor en onseker as hy vra: "My klere is vuil Madame, mag ek staan totdat u my sal verskoon?"

Sy lag 'n klokhelder laggie en wys met haar hand na die diep leunstoel met diep wynrooi bekleedsel.

"Sit asseblief my vriend ek bestel vir u iets om te drink. Koffie of 'n glasie druiwesap?"

Hy kan nie help om te bly glo dat sy met hom spot dryf nie.

Arme Siegfried sukkel nog om sy stem te vind. Alles is so oorweldigend dat hy nog oorweeg om te vlug. Haar sagte stem dring tot hom deur en dwing hom om op die diep stoel wat sy aanbied te gaan sit. Verskonend vervolg sy,

"Ek is jammer ek het jou nooit vertel nie, maar ek was so bang as jy weet wie ek is, sou jy my nie meer wou sien nie. Ek het geweet jy sou my anders sien, Siegfried. Ek wou nie hê dat hierdie mure, hierdie huis, tussen ons sou staan nie. Vir my was jy meer as net 'n vriend – jy was iemand wat my as Lillie gesien het, nie as Madame nie."

"Madame Lillie, natuurlik is ek, ja wel, verstom is nie die woord nie. Dat ek nou kwaad vir jou is, is ook gering gestel. Ek kan nie glo dat jy vrou alleen deur hierdie wilde ..." Sy lig haar hand op en val hom laggend in die rede.

"Wag nou net bietjie! Jy vergeet ek ken hierdie wêreld baie goed en ek het 'n groot personeel. Ek het nooit alleen na jou toe gery nie hoor. Ek was vergesel van my wagte wat baie goed gewapen is. Hulle moes maar net uitkamp en hulself skaars hou solank jy en ek gekuier het."

Siegfried luister in verwondering na haar terwyl hy homself nie meer kan weerhou daarvan om sy nuuskierigheid die oorhand te laat kry nie. Hy probeer ongemerk die vertrek deurkyk. Die meubels is duur en van baie hoë gehalte. Van die swaar gordyne tot by die ryk matte op die houtvloer getuig van weelde. Hy besef dat hy weggedwaal het, maar sy nuuskierigheid dwing hom om weer na haar te luister.

"Jy wonder seker hoekom ek jou laat haal het my vriend."

"Ek sal nogal graag wil weet Madame!" sy wag dat hy sy koppie koffie na sy lippe bring.

"Ek het 'n dom ding oorgekom! Ek het geval en ek dink ek het my been of my enkel beseer. Ons kan nie die geneesheer uit die Kaap hier kry nie en ek loop bietjie moeilik. Glad nie ernstig nie, maar genoeg rede om 'n verskoning te soek om jou hierheen te rokkel. Maar vertel my wat is jou eerste indrukke van die plaas? Was jy baie verbaas?"

"Verbaas is nie die woord nie, eerder verstom." Laat hy uiteindelik sy gevoelens deurskemer. "Natuurlik het die baie wingerde my verstom. Dit laat my oneindig baie na my eie land verlang."

"Jy het my nooit vertel vanwaar jy is nie?"

"Ek is van Frankryk. Ek het grootgeword op 'n wynland-goed waar my vader 'n bestuurder was. Na sy dood moes ek die plaas verlaat. Eers na 'n paar kinderhuise het ek 'n werk gekry. Ek besef nou eers hoe ek na die plaas verlang het."

"Dit is nou vir jou 'n wonderlike toevalligheid? Het jy enige kennis van wynbou?"

"Nie formeel nie, maar as kind het ek grootgeword tussen die druiwe, die parskuip en die stookketels."

"Jy maak my nou baie opgewonde. Jy sien, my broer bly ook hier by my op die plaas. Hy het sy eie huis 'n bietjie verder af met die laan. Hy het genoeg kennis, maar hy is al die afgelope dekade verlam. Sy kanse op herstel is minimaal. Hy is ouer as ek en ons twee probeer met behulp van slawe die wynbouery uitbrei."

Sy bly stil en staar ondersoekend na hom. As hy nie onmiddellik antwoord nie, lui sy die silwer klokkie op die tafeltjie langs haar. Die diensmeisie verskyn byna asof uit die niet en Lillie vra vir 'n skinkbord met middagete. Hy wou kapsie maak, maar besef dat dit die toppunt van onbeleefdheid sal wees. Terwyl hulle wag vervolg sy.

"Siegfried ek sou nie in die nabye toekoms kon reis nie. Ek het geweet jy sal bekommerd wees en ek het besef, ek het jou hulp nodig."

"Natuurlik is ek daar vir jou Lillie, waarmee ek ookal kan help!"

"Ek was nie bewus van jou agtergrond op 'n wynplaas nie en ek besef ons twee het meer in gemeen as wat ons besef het. Kom ons geniet ons middagmaal en dan vra ek Marcelle om jou die plaas te gaan wys. Ek glo jy is voorbereid om hier te oornag, want jy kan nie nou terug na jou strand te gaan nie, Dit is reeds te laat?"

Daaraan het hy nooit gedink nie. Hy kyk af na sy kaal voete en sy verslete strandklere. Vir jare al het hy geen behoefte aan 'n klerekas gehad nie, maar hier lyk hy beslis soos 'n seeroog.

Asof sy sy gedagtes lees, verander haar stem in 'n lae toon van simpatie.

"Ek wil nie in jou karakter klim nie, maar jy sal my hart baie bly maak as jy my sal toelaat om my oorlede man se klerekas tot jou beskikking te stel. Neem daaruit wat jy benodig, ek skenk dit met graagte aan jou."

Diep in sy hart is iets besig om te roer. Tot vanoggend was hy doodgelukkig met sy strandhuis en 'n vis om te eet. Hy besef nou dat hy tred met die normale lewe verloor het, dat hy tog ook behoefte het om weer mens te word. Gelukkig bring die binnemeisie die skinkbord met hulle ete en het hy tyd om haar aanbod te oorweeg. Stadig dring die besef tot hom deur dat sy lewe gaan verander. Sonder dat hy enigiets beplan het weet hy dat sy dae as strandloper verby is.

Lillie verlustig haar aan die man wat smaaklik eet aan die warm gekookte maaltyd. Sy wonder wanneer laas hy 'n regte bord kos geniet het. Iets soos vandag se gestoofde skaapvleis en groente. Heimlik onderneem sy om vir hom 'n stewige mandjie te pak voordat hy vertrek, terug na sy strand.

HOOFSTUK 3

Na ete ontmoet Marcelle vir Siegfried voor die agterdeur. Asof daar geen einde aan hierdie dag se verrassings vir Siegfried is nie, staar hy na Marcelle wat hom na die stalle toe neem.

"U is 'n ruiter neem ek aan, Mijnheer?"

Nog 'n langvergete onthou kom nestel in Siegfried se hart. Hy stap reguit na 'n donkerbruin perd en steek sy hand uit. Marcelle glimlag onderlangs en beveel die staljong om die perd vir Siegfried op te saal. Marcelle se skimmel wag reeds buite en sommer gou is die twee oppad teen die heuwel op na die wingerde.

Asof hy nooit sal ophou om verbaas te wees nie, stuur Marcelle en Siegfried die perde tussen die rye en rye wingerde deur. Swaar trosse wat binnekort gereed sal wees om ge-oes te word is 'n bewys van die swanger afwagting van 'n goeie oes. Oral groet die slawe hom vriendelik en nuuskierig. Na 'n wye draai wys Marcelle hom om hom te volg.

Dit is reeds sononder as hulle weer by die stalle aankom. Siegfried is oorweldig deur wat hy gesien het. Frankryk is 'n baie meer gevorderde wynbou land en hier is die parskuipe en stookkamers nie so gevorderd nie, maar vir hierdie jong land is dit egter 'n aangename verrassing. Die slim wyse waarop die jong boere ontwikkel maak hom opgewonde. Dat hierdie plaas een van die bes ontwikkelde wynplase is, is duidelik.

"Wat dink jy Siegfried? Ek bedoel is daar enige plek vir verbetering?" vra Marcelle as hulle op 'n trippelgang huis toe ry.

Siegfried is verbaas. Hoekom sou die man hom vra? Hy is mos net 'n gas en boonop 'n verwaarloosde strandloper?

"Daar is altyd plek vir verbetering Marcelle. Ek is nie 'n kenner nie, maar ek is nogal 'n bietjie tegnies aangelê. Ek kan aan 'n paar veranderinge dink om aan te bring."

By die huis aangekom wag Madre, die diensmeisie, hulle in en neem Siegfried na die vertrek aan die einde van die gang. 'n Groot sinkbad staan gereed met warm water, skoon handdoeke en seep om mee te bad. Dit is die mooi kas teen die oorkantste muur wat hom weer besef hoe haglik sy omstandighede vir die afgelope jare was. In 'n netjiese hopie op die groot hemelbed lê 'n paar hemde, 'n ander hopie met langbroeke, skoene kouse en selfs 'n leer lyfband.

Hy glimlag bewerig as hy besef dat Lillie baie slim is. Hy sal geen geleentheid hê om die aanbod van die hand te wys nie. Hy begin tussen die klere soek. Met 'n bruin broek en hemp en gemaklike vel skoene, neem hy weereens 'n groot besluit. Hy kan dit netsowel geniet.

Hy trek tydsaam die strandloper klere uit en laat val dit in 'n bedroefde hopie by sy voete. Vir die eerste keer in jare bad hy in warm water met seep en was hy met 'n sagte borsel. Dit voel soveel anders as die gewone duik in die see, dat hy sy hare met oorgawe was. Dit word 'n ondervinding wat hom baie jare sou bybly.

Die growwe skoon handdoek voel vreemd oor sy vel, maar dit verskaf hom eindelose plesier. Teen die muur is 'n spieël wat sy eie weerkaatsing aan hom terugstuur. Hy is verstom om te besef dat dit sy eie beeld is. Hy trek die vreemde klere aan, en met 'n groot kam met dik tande, kam hy sy silwerskoon hare. Die ruwe baard is getem en lyk byna soos die van die ryk mans aan die Kaap.

Lillie trek haar asem skerp in as die byna vreemde man in die deur verskyn. Sy het altyd geweet dat hy 'n aantreklike man moet wees, maar sy is aangenaam verras. Sy kan nie haar gevoel wegsteek nie.

"Siegfried! Is dit regtig jy?" Sy klap haar hande van pret en nooi hom om te kom sit. "Ek het vir ons 'n bottel wyn uit die kelder bestel. Jy moet tog proe of ons op die spoor van 'n goeie versnit is?"

"Ek is nou wel nie 'n kenner nie, maar jy moet ook onthou ek het nie in jare wyn gedrink nie. Enige wyn sal nou mos vir my lekker smaak. Maar kom ons proe."

Daardie aand kuier hulle tot laat by die lig van olielampe in die weelderige vertrek. Lillie bied hom 'n bakkie met biltong aan en saam met die wyn ontspan hulle soos ou vriende.

"Ons kan môre verder kuier my vriend ek dink net die wyn maak ons nou lomerig. Ek vertrou jy sal 'n rustige nag hê en dat jy voorbereid sal wees om na my voorstelle te luister."

Siegfried is dankbaar want sy liggaam smag nou na die weelde van die bed wat hy weet op hom wag. Sy eerste bed in jare. Hy slaap droomloos, geen tyd om te wonder oor Madame en die welaf vrou wat sy is nie.

Die son is reeds lank uit as Siegfried verwilderd wakker word. Dit neem 'n ruk voordat hy sy omgewing herken en vervaard spring hy uit die bed. Vir 'n oomblik kan hy nie glo dat hy die klere langs die bed moet aantrek nie, maar hy voel goed as hy ten volle geklee in die gang afstap. Lillie wag vir hom by die lang eetkamertafel, gereed om 'n stewige ontbyt aan hom te bedien.

"Ek glo jy het 'n goeie nagrus gehad? Ek wil sommer nou my voorstel aan jou maak. Dit is nog vroeg as jy wil terug gaan strand toe, het jy nog genoeg tyd.

"Dankie Lillie, alhoewel ek reeds vermoed wat op jou hart is. Kom ons kry dit agter die rug."

"My vriend ek besef jy het nie 'n kasteel van 'n huis nie, maar jy het jou eie plekkie waar jy bly."

"Praat Lillie, wat is dit wat jy van my verwag?" sy stem is nou effe ongeduldig en sy voorgevoel waarsku hom dat hy in 'n onbenydenswaardige posisie gaan beland.

"Ek het gewonder of jy dit sal oorweeg om hier by my op die plaas re kom bly. Ek het iemand nodig om die landerye te bestuur, asook die wynbouery wat ons wil uitbrei. Soos jy gesien het dit is 'n groot plaas en ons het begin om vrugte uit te voer. Ek ken niemand wat ek vertrou soos vir jou nie. Ek wil jou graag aanstel as die bestuurder van ons plaas. Jy sal volle beheer oorneem, maar met my en my broer as jou raadgewers."

Siegfried se mond val oop. Beteken dit dat hy op hierdie weelderige landgoed moet kom bly met sy beperkte kennis van druiwe en boerdery? Hy het iets verwag, maar beslis nie dit nie.

"Lillie ek weet nie veel van jou boerdery af nie. Hoe sal ek van hulp kan wees?"

"Goed, kom ek vertel jou dit wat jy nie weet nie. My broer was een van die Kaap se voorslag boere. Na sy ongeluk waar hy van die perd afgeval het is hy verlam. Hy het baie kennis, maar niemand om dit by hom oor te neem nie. Tussen my en my broer het ons nie erfgename nie. Hy is bereid om jou te leer, as jy bereid is om ons te kom help."

Siegfried se ore begin sing. Hy dink vir 'n oomblik daaraan dat hy nie meer die see sal kan dophou nie. Dat hy nie meer sal kan wag vir die terugkeer van sy geliefde Jovanna nie.

"Wat van Marcelle, Lillie? Verwag hy nie die posisie wat jy nou aan my bied nie?"

"Nee my vriend, Marcelle is 'n baie geleerde man. Hy stel geensins belang in 'n pos as 'n plaasvoorman nie. Miskien sal hy eendag terug Kaap toe gaan om sy beroep uit te oefen. Dat hy soveel jare hier bly en my ondersteun is 'n wonderwerk. Sy ouderdom begin teen hom tel. Hy was die een wat voorgestel het dat ek jou moet nader vir die posisie."

Vir Siegfried is dit nuus. Hy het nogal gevoel dat hy wat Siegfried is in Marcelle se pad is. Dat Marcelle graag die baas van die plaas wil wees.

"Marcelle self is 'n baie vermoënde man. Sy pos as Lakei en Koetsier is meer 'n stokperdjie vir hom."

"Dit voel asof die vreemde ontboeseminge nooit gaan ophou nie," lag Siegfried. "Wat van die bote wat inkom Madame? Hoe sal ek ooit weet of die regte skip ..."

"Ek wil jou dit nie ontneem nie, maar jy wag al soveel jare. Gaan jy nooit aanvaar dat sommige dinge soos skepe in die nag is nie?"

Haar woorde slaan diep gesel houe en Siegfried laat sy kop sak. Hy staar lank na die vloer en tel sy kop op as hy haar hoor praat.

"Ek het goeie vriende in die hawe en as jy instem, sal ek iemand vra om die skepe dop te hou, iemand wat namens jou die skepe sal dop hou." Is daar dan geen einde aan hierdie vrou se vindingrykheid nie? Voordat hy iets kan antwoord vervolg sy: "Intussen bied ek jou die herehuis as woning, asook die bestuur van die landgoed, teen vergoeding natuurlik!"

"Jy haal die wind uit my seile! Ek kan nie jou aanbod van die hand wys nie, maar jy sal verstaan as ek bietjie uitstel wil vra om aan die gedagte gewoond te raak?"

"Dit is 'n regverdige versoek. Neem jou tyd en laat my weet."

"Lillie? Hoekom het jy op my besluit het?"

"Vroulike intuïsie!" antwoord sy eenvoudig.

Sy bars vrolik uit van die lag. Hy lyk baie verbaas en. dan vervolg sy:

"Jy met jou talent het my oorrompel. Natuurlik moet ek jou nog iets vertel?" sy wag om seker te maak hy luister na haar. "My oorlede man was 'n belowende kunstenaar wat te vroeg oorlede is. Sy ateljee is nog soos hy dit gelos het. Jou talent is ongeëwenaar. Ek kon nie help om te dink dat, as dit is wat jy met 'n eenvoudige stuk skeepswrak kan doen, wat sal jy met doeke en verf doen?"

"Ek het ook 'n klein ateljee gehad wat in Frankryk moes agterbly."

"Des te meer rede vir my besluit. Ek wil sy kuns ateljee tot jou beskikking stel om na hartelus te gebruik. Jy sal genoeg tyd kry om jouself ten volle uit te leef. Jy sal my so gelukkig maak, en ek weet jy sal dit geniet."

Siegfried se stem is skor, sy oë vol trane en sy hande bewe. "Dame Lillie, ek weet nie wat om te sê nie!"

"Net een woord my liewe Siegfried, dit is 'Ja!"

"Mag Marcelle my terugneem na my strand sodat ek kan gaan dink hieroor?"

Die vrou se blou oë verhelder en 'n hemelse glimlag breek om haar sagte mond, terwyl sy haar hande na hom uitsteek.

"Gaan asseblief! Ons bespreek 'n tyd wanneer ons jou weer moet gaan haal. Moet asseblief onder geen verpligting voel nie, ek berus by jou besluit."

Selfbewus gaan hy nader en vou dan sy arms om haar smal skouers en voel hoe sy ruk van ingehoue emosie. Sonder twyfel weet hy dat sy dae as strandloper verby is.

Die terugreis na sy strand verloop sonder enige noemenswaardige voorval. Hierdie keer is Siegfried byna onbewus van die natuurskoon waardeur die koets ry. Sy gedagtes worstel met die grootste besluit ooit in sy lewe.

Hy bedank Marcelle en haal die sak met klere wat Lillie laat inpak het uit en begin aanstap deur die smal bos na sy huis.

Op die rand van die bos gaan hy staan. Sy oë beweeg oor die brekende branders, die swart rots en die spierwit sand. Dit was sy blyplek vir jare, tog weet hy dat hy hier gebly het om vir Jovanna te wag. Hy is nie 'n see mens nie. Hy besef nou hoe hy die wye oop veld en die plaas gemis het. Hy het alles opgeoffer ter wille van sy huwelik. Hy sou enigiets doen om haar gelukkig te maak.

In sy geestesoog verskyn hulle huurhuis in die digbevolkte woongebied van Frankryk. Hy het altyd geweet hulle hoort nie daar nie, maar hy het mos drome gehad oor hulle eie huis? Hy wou 'n stukkie grond koop waar hy kon plant en 'n paar stuks vee aanhou.

Ongevraag kom die onthou van die laaste paar weke in Frankryk by hom op. Sy werk, wat hy gedwonge moes doen. Sy aard is om te geniet wat hy doen, al is dit 'n kantoor van lig tot donker. Vir die eerste maal in jare bars 'n onbeheerste lagbui uit sy borskas los. Hy lag tot die trane loop en hy gooi sy arms in die lug.

"Siegfried! Wat wil jy nou eintlik doen?" hy vra die vraag kliphard aan homself. "Was daar al ooit in jou lewe tyd wat jy vir jouself kon leef?" hy laat val sy bagasie in die sand en ruk die nuwe skoene van sy voete. Hy rol die broek tot oor sy knieë en doelloos begin hy hardloop. Wyer en wyer in sirkels. Met sy arms wyd uitgestrek asof hy 'n seemeeu in vlug wil namaak. Naderhand val hy uitgeput op die nat sand neer, nog steeds met sy arms uitgestrek staar hy na die potblou hemel. Met die branders se geruis voel hy hoe die knoop in sy bors begin losgaan en hy haal diep en vry asem.

Dan hoor hy die hees gekerm van die bekende skeepshoring wat in aantog is. Sy eerste impuls is om te begin hardloop maar instinktief besef hy: "Siegfried, daardie tyd is verby. Jy is vry, jou wagtyd het ten einde gekom."

Hy kom orent en met sy arms rustend op sy opgetrekte bene staar hy in die rigting waar hy weet die seile nou enige tyd gaan bol. Hy bly sit. Hy probeer nie die trane keer nie. Sy verlede is nou verlede. Jovanna sal nie weer kom nie en 'n nuwe lewe wag vir hom.

Hy keer sy rug op die see. Letterlik en figuurlik. Voor hom wag sy boshuisie, sy tydelike woning totdat die koets hom weer kom haal, hierdie keer finaal.

HOOFSTUK 8

Die afbreek van sy skuiling sal die laaste wees wat hy moet doen. Hy sal die laaste dae op die strand en rotse afskeid neem van die see, maar bo alles van sy hoop om Jovanna weer te sien. Vir die eerste keer in jare is die besef dat hy haar nooit weer sal sien nie 'n voldonge feit.

Die oneindige wydheid van die oseaan was nie so groot soos die wond in sy hart nie. Lillie het daardie roof kom afruk en hopelik sal die litteken mettertyd verdwyn. Soms laat hy toe dat sy emosies van hom besit neem want hy wil nooit weer so voel nie. Onbewus begin sy rou proses al is dit byna ses jaar later. Hy laat toe dat die trane vryelik oor sy gesig loop en in sy baard wegraak. Niemand hoef ooit te sien hoe die lewe probeer het om hom te breek nie. Hy is gereed vir 'n nuwe begin.

Die laaste paar dae verwyl hy die tyd om sy laaste paar skeepsplanke wat uitspoel te omskep in die mooiste kunswerke. Hy werk soos altyd met uitgebrande houtskool en is onbewus van die uniekheid van sy sketse.

Een oggend sit hy met sy rug teen 'n rots en 'n groot skewe stuk hout teen sy knieë. Uit pure verveling begin hy met 'n paar doellose lyne. Die gekrys van 'n seemeeu in vlug bring hom terug na sy omgewing en hy fokus op waarmee hy besig is. Die spierwit herehuis op die plaas is duidelik besig om vorm aan te neem in sy gedagtes. Besield gryp hy 'n nuwe stuk houtskool. Teen 'n donker agtergrond vorm die buitelyne van die huis in al sy glorie op die hout. Wat uitstaande van hierdie skets is, is die figuur van die vrou wat in die tuin staan. Hy vernou sy oë maar die figuur is vir hom onbekend.

"Nee, kyk Siegfried, jy raak nou die kluts kwyt. Die beste ding vir jou is om pad te gee van hierdie kluisenaars bestaan van jou. Lillie se aanbod was net betyds."

Hy tel die nagte en besef dat oor 'n dag sal die koets terug wees. Twyfel neem van hom besit. Wat as dit alles net 'n droom was, dat hy nie op die plaas was nie? Wat as Lillie van plan verander het? Hy is gereed om sy verlede agter te laat, maar wat as die koets nie weer opdaag nie?

Die gedagtes is so vreesaanjaend dat hy sy klere oor sy kop ruk en nakend die brekende branders in storm. Vir hoe lank hy oor die branders duik en swem, weet hy nie maar as hy uitgeput terug uit die see strompel weet hy dat hy alle tekens van onsekerheid afgeskud het. Die woeste see het hom weereens die geveg teen homself laat verloor.

By sy huis haal hy die blik beskuit en biltong wat Lillie laat pak het uit en gaan sit in die son en eet. Sy ongeduld bietjie onder beheer. Hy sorteer die sketse uit en maak dit stewig vas om saam te neem as die koets kom. Sy huis gaan hy netso hier los. Miskien kom hy tog terug, al is dit net vir 'n wyle.

As die ruwe strandloper getwyfel het aan die erns van Lillie se aanbod is hy onmiddellik gerus gestel toe hy 'n paar oggende later Marcelle se aankoms op die strand gewaar. Sy hart begin vinniger klop en hy stap die man tegemoet.

"Gegroet Marcelle! Man ek is bly om jou te sien."

Marcelle glimlag van oor tot oor. Dit is makliker as wat hy gedink het. Hy het heelpad Madame se woorde gehoor.

"Gaan haal hom Marcelle, al moet jy hom katswink slaan en vasbind!"

Hy steek sy regterhand uit en die twee mans groet met 'n stewige handdruk.

"Is jy gereed vir ons terugtog Siegfried?"

"Ek is," antwoord hy eenvoudig.

Siegfried laat Marcelle toe om hom te help. Sy tekeninge van jare word met sorg gelaai, verder verwyder hy slegs sy mees persoonlike besittings en trek dan die deur van die huis toe. Vir 'n oomblik buig hy sy hoof.

Hy neem afskeid, los hy sy verlede agter die toe deur. Een woord ontsnap skor uit sy mond:

"Jovanna!"

Hy tol om en sonder omkyk stap hy vir oulaas oor die sand met 'n bondel skeepswrak hout in sy arms. Marcelle verstaan sy stilswye en oomblikke later bereik hulle die koets. Marcelle staan terug vir Siegfried om sy eenvoudige kunswerke in te pak. Die nuutste skepping van die huis en die vrou in die tuin heel bo-op.

Die koetswiele knars en begin stadig rol. In die voorbok sit Marcelle trots en kiertsregop terwyl hy aanmoedigend met die swart perde praat. Siegfried sluit sy oë en rus sy kop teen die bankie. Hy het 'n hele paar ure tyd om sy innerlike stryd te voltooi. Voor hom wag 'n nuwe begin. Diep in sy hart besef hy dat 'n hoër hand sy keuse by die kruispad help bepaal. Hy draai eenmaal terug na die oseaan terwyl die woorde deur se gemoed dwaal: Skepe in die nag! Hy veg teen die frons op sy voorkop.

HOOFSTUK 9

Die terugrit is sonder voorval. Hierdie keer is sy blik soekend oor die veld en geleidelik raak hy gewoond aan die kleur en vorms van die bosse. Marcelle lag kliphard as hy die opgewekte uitroepe hoor as hulle 'n trop bokke of selfs olifante in die verte gewaar.

"Binnekort neem ek jou saam sodat jy jou eie bok kan skiet!"

Siegfried se uitdrukking van vrolikheid verdwyn soos mis voor die son.

"Daar is nie 'n manier nie, skiet jy maar ek sal die prent op 'n doek vaslê en miskien help om die vleis te verwerk."

Die twee mans kom in 'n vrolike stemming op die plaas aan. Hierdie keer is Siegfried ontspanne en hy roep vrolik na Lillie as hy die voordeur oopstoot.

Madame en Madre verskyn tegelykertyd en Siegfried gee 'n paar lang tree in die rigting van Lillie. Asof dit die natuurlikste ding ter wêreld is vou hy haar in sy arms toe, en sonder skroom gooi sy haar arms om sy nek.

Madre maak haarself skaars om hulle die verleentheid van hulle impulsiewe optrede te gun. Die koets rammel om die huis tot voor die kombuis deur. Marcelle spring van die bankie af en staan eenkant sodat die slawe die koets kom afpak. Diep in sy hart wonder hy hoe dit moontlik is dat Lillie en haar strandloper dan nie kan sien wat hy sien nie?

"Welkom op Lamotte my liewe Siegfried." Klink Lillie se stem as sy haarself skaam uit die groot man se arms losmaak. Sy kan nie glo dat sy so impulsief kan wees nie! Wat moet die man van haar dink? Maar sy was darem so bly om hom te sien? Sy vervolg nog erg verleë:

"Mag jy baie gelukkig by ons wees. Maak jouself tuis, jy weet reeds waar jou kamer is."

Die ruwe man staar fronsend na haar, maar voordat hy verskoning kan vra, stel Lillie hom gerus.

"Kom, jou kamer is gereed. Indien jy later uit die huis wil trek is jy welkom maar vir nou bly jy in die huis." Sy vertolk sy vraende blik heeltemal verkeerd en nog meer lomp probeer sy die situasie red.

"Dit is 'n tydelike reëling totdat ons saam besluit wat jou die beste gaan pas." Hiermee is hy tevrede. Siegfried Kunzke neem sy intrek in die groot Herehuis.

Daardie middag tydens 'n feesmaal aan tafel gesels Lillie vrolik en opgewonde. Weereens besef Siegfried dat sy jare jonger lyk as wat hy aanvanklik gedink het. Haar goed versorgde kapsel en ligte grimering laat hom besef dat sy 'n beeldskone jong vrou moes wees. Selfs nou kan hy haar klasieke skoonheid nie mis kyk nie.

Hy laat sak sy blik as hy besef dat sy hom geamuseerd dophou. 'n Flenter laggie bereik sy ore en hy voel hoe sy wange vuurwarm word.

"Pardon Madame, ek wou nie onmanierlik wees nie, maar ek moet u komplimenteer. U is 'n pragtige vrou." Hierdie keer bloos sy!

"Siegfried dit is 'n mooi kompliment aan 'n vrou van my jare," Sy giggel weer sag en vervolg, "veral komende van 'n aantreklike jong man."

Hulle kyk mekaar vas in die oë en bars dan albei uit van die lag. Die ys is gebreek. Die vriendskap van die afgelope maande is herstel. Die vreemdheid van die huidige situasie is verby.

"Lillie ek het iets wat ek graag vir jou wil gee. Dit is nie die helfte van die waarde van dit wat reeds in die huis is nie, maar dit het my besig gehou die afgelope tyd. Verskoon my 'n oomblik.

Hy stap na sy kamer en keer terug met die yslike skeepsplank in sy arms, en oorhandig dit aan haar.

"As jy nie van dit hou nie, gooi sommer weg, ek wou dit net nie in die hut los nie."

Lillie snak na haar asem. Die fyn detail wat op die ruwe hout geteken is, met gewone gebrande houtskool, is ongelooflik. Met haar hand streel sy saggies oor die buitelyne van die kunswerk.

"Ek is nou finaal oortuig dat ek die regte besluit geneem het. Hierdie sal 'n ereplek in die ingangs portaal van hierdie huis inneem. Jy noem dit minderwaardig? Nie een van die skilderye hier het naasteby die waarde van hierdie skets nie."

Sy kan nie ophou om na die toneel te kyk nie. Skaam wonder sy of syself die onbekende vrou in die tuin is. Dit neem 'n lang ruk voordat sy dit uiteindelik aan Madre oorhandig om in haar studeerkamer te gaan bêre.

Dan draai sy na Siegfried. "Siegfried ek het my broer genooi om saam met ons te kom eet. Marcelle het hom gaan haal. Ek wil jou net waarsku, dat hy met tye moeilik kan wees. Sy afhanklikheid van sy rolstoel maak hom soms iesegrimmig."

"Dankie vir die waarskuwing, ek sal my bes doen."

Herr Steph sluit by hulle aan en hulle vind gou dat hulle veel in gemeen het. Die man met die netjiese silwer baard en lang silwer lokke neem die jong bebaarde strandloper onder sy vlerk. Sommer gou is hulle goeie vriende. Iets aan die ouer man bly Siegfried pla. Nie alleen is daar geen ooreenkoms tussen hom en sy suster nie, maar ook in geaardheid verskil hulle hemelsbreed.

Herr Steph kan met tye baie moeilik wees. Siegfried onthou 'n paar dae gelede.

Marcelle het aan hom wat Siegfried is kom rapporteer dat een van die slawe siek geword het. Die man moes by 'n dokter uitkom, iets wat nogal 'n probleem is, daar die dokter in die Kaap is. Marcelle het voorgestel dat hy na die siekeboeg verskuif word, wat die ou man laat ontplof het.

"As jy die baas was sou ek jou inset gevra het!" hy het op die arme saggeaarde Marcelle geskree en beveel dat hy Lillie gaan roep.

Hulle verbasing was groot toe Lillie doodluiters laat weet dat sy haar nie met die plaasvolk bemoei nie. Dat hy Siegfried en Marcelle het om hom by te staan. Die ou man was woedend, en hy het die stoel met soveel drif as wat dit in staat was om geswaai en die kamer verlaat. Marcelle het gewag tot die deur agter hom toeklap toe hy grinnikend vir Siegfried sê:

"Toemaar vriend hierdie was 'n ligte aanval. Die feit dat hy nie kan loop nie frustreer hom grensloos. Hy is baie bang dat hy nie meer belangrik gaan wees nie. Wees voorbereid op nog erger tirades."

Hierdie voorval het Siegfried ontstel. Die laaste wat hy verwag is om in iemand se pad te wees.

Daardie aand het hy 'n ernstige gesprek met Lillie gehad.

"Lillie jy weet nou van vanoggend se episode, ek wil nie 'n herhaling daarvan beleef nie. As ek jou broer ongemaklik laat voel, gaan ek liewer terug na my strand."

Sy het bleek geword en op haar een hak omgeswaai. Haar oë het geblits en sy het fier en regop voor hom gestaan. As die situasie nie so benard was nie, kon hy uitbars van die lag. Sy het hard probeer om haar klein postuurtjie te laat opblaas om hom in die oë te kyk. Haar stem was egter snydend:

"Siegfried, verstaan my baie mooi. My broer het my alleen op hierdie familie plaas gelos, omdat hy my man nie wou aanvaar nie. Sy humeur het my nie gepas nie en hy het woedend die plaas verlaat. Jare later het hy teruggekeer, nadat hy gebruik van sy bene verloor het. Ek kon hom nie aan sy afskeidswoorde herinner nie maar ek het aan hom 'n heenkome gebied. Met die jare wou hy my gesag ondermyn maar sonder sukses. Dat jy ook, net soos Marcelle vir hom 'n bedreiging is, kan ek verstaan."

"Jinne Lillie jy is mos nie verplig om jou familie geheime met my te deel nie? Ek wou net nie in die spervuur wees nie."

"Dit sal jy nooit wees nie! Ek het jou onder my vlerk geneem, en jy is baie welkom op die plaas."

In die groot ruwe man se groot hart gebeur iets. Impulsief neem hy albei haar hande in syne en bring dit na sy lippe.

"Mag die Vader my help dat ek jou nooit teleurstel nie." Fluister hy gevoelvol.

"Jy sal ook nie, Siegfried, ek het te veel vertroue in jou." Die oomblik tussen hulle is emosiebelaaid en albei veg teen ongekende gevoelens. Die groot man staar na haar sagte lippe en wonder hoe dit moet voel om hulle op syne te voel.

'n Klop aan die deur laat die oomblik in skerwe spat. Lillie draai weg van die venster en oor haar skouer roep sy 'binne'. Sy wens sy kan wie ookal dit is tot buite verwilder!

HOOFSTUK 10

Binne daardie maand begin nuwe dinge gebeur op die landgoed. Siegfried is 'n ywerige leerling en hy span al sy kragte in om te bewys dat hy 'n goeie boer wil word.

Na 'n rukkie is hy ingeburger genoeg en het hy moed om sy briljante idee aan Lillie voor te lê. Haar uitvoer druiwe na Frankryk is 'n goeie inkomste, maar Siegfried het 'n nuwe plan.

Aan die Kaap is nog min boere wat die hand aan wynbou wil waag. Met sy byna vergete kennis maak hy 'n studie van die parskuip waar druiwe voorberei word. Dit is primitief en sonder 'n plan gebou, maar dit is tog doeltreffend. Hy staan by die groot plat vloer wat soos 'n plat badjie lyk. Hierin word die vragte druiwe trosse afgelaai en die slawe trap in spanne die trosse om die sap vry te laat.

Die werk, vir die feit dat daar nog net wyne vir gebruik van die landgoed is. As hy sy produk aan die inwoners van die Kaap wil vrystel sal hy hier moet begin om te verbeter. Dit is heeltemal ontoereikend as hulle op grootmaat wyn wil produseer. Sy plan neem vorm aan, maar hy het hulp nodig. Asof hy geroep is praat Amos, die geel mannetjie wat van dag een af aan sy lippe hang.

"Die seur kyk hierdie vloer asof dit in die pad is?" kom sy woorde deur sy tandlose mond. Siegfried loer skrams na die verrimpelde mannetjie en erken sy woorde.

"Jy is reg Amos. Ons moet iets hier doen. Die baie slawe wat hier druiwe trap se dienste kan ons elders gebruik."

"Wat is dit wat Sieur in die kop ronddra?"

"Kom staan hier, dan verduidelik ek vir jou." Amos is oorgretig om deel van enige nuwe projek te mag wees. Siegfried verduidelik met handgebare en vreemde woorde en ure later breek die helderste glimlag van in begrip oor die gesig van die jonger man.

"Baaskjind! Dit is die plan wat kan werk, wanneer kon ons begent?"

Siegfried gee sy skouer 'n druk en met lang hale stap hy na die opstal. Daardie selfde middag nooi hy Lillie om saam met hom met die perde te gaan ry. Haar voet het so herstel dat sy die oefening nodig het.

Siegfried wag vir haar by die sydeur met twee opgesaalde perde.

"Ek het so uitgesien hierna Siegfried. Steph het my al baie nuuskierig oor alles waarmee julle doenig is. Hy vertel my dat jy baie vrae vra oor die ondergrondse kelders."

Hy lag uitbundig en sy verwonder haar aan die verandering wat hy ondergaan het. Die man is meer ontspanne, sy woeste baard is korter gesny en skoon water doen sy bos krul hare die wêreld se goed. By die eerste wingerd hou hy sy perd in en help haar van haar spierwit perd af. Vir 'n oomblik geniet sy dit om sy sterk hande om haar middel te voel voor hy haar op haar voete neersit. Om haar verleentheid weg te steek maak sy die opmerking aan Siegfried.

"Dit doen my hart goed om te merk dat jy 'n bietjie gewig aangesit het Mijnheer?" Die aanmerking is baie persoonlik en albei besef dat die atmosfeer tussen hulle baie meer familiêr geword het.

"Ek gaan dit as 'n kompliment beskou skone dame, want hoe dan nou anders. Ek word bederf met die heerlikste disse, praat nie van koeksisters waaraan ek nie genoeg kan smul nie."

"Jy verdien dit! Kom ek brand van nuuskierigheid om te sien hoe die nuwe wingerdlote uitloop. Steph verseker my dat dit 'n nuwe kultivar voorspel? Jy weet dat hy baie kalmer is as 'n paar weke gelede?"

"Daarvoor is ek dankbaar en ek het baie meer vertroue in jou broer. Sy kennis is vir my goud werd en hy is beslis nie suinig daarmee nie."

Die res van die oggend geniet hulle dit om die vooruitgang op die plaas, onder sy leiding te bespreek. Die terugtog is gemaklik en die perde stap stadig met die ruiters wat deurentyd in gesprek is. Siegfried stuur sy perd in die rigting van die parskuip. Lillie wonder wat hy in die mou voer.

"Kyk Lillie, dit is wat ek beplan. Ek wil die vloer effe vergroot en dan 'n spaan wat uit hout gebou gaan word bo-oor te installeer. Aan die buitekant maak ons vier donkies vas wat deur net een touleiertjie beheer word. Soos die donkies in die rondte stap word die korrels gepars, en kan ons maklik die sap aftap, die moes afskep, om na die stookketels te vervoer."

Lillie neem 'n rukkie om die geheel prentjie te vorm maar dan los sy 'n opgewonde gilletjie!

"Natuurlik! Siegfried jy is briljant. Nie alleen is die donkies sterker as die slawe nie, maar kan ons hulle mannekrag iewers anders gebruik." Impulsief gooi sy haar arms om sy nek, staan op haar tone en druk 'n soen op sy wang. Sy is so opgewonde dat sy nooit besef dat Siegfried skoon die kluts kwyt is nie. Hy swaai om en beweeg weg van haar sodat sy nie die uitdrukking van verwarring op sy gesig kan sien nie!

Siegfried weet nou dat hy op die regte spoor is. Binne 'n paar weke sal hy sy nuutste projek aan Steph kan wys. Wat niemand weet nie is dat sy hartklop vinniger is as hy dink aan die hoop afgekapte bome wat hy met die slawe se hulp besig is om in netjiese planke te sny. Dit neem tyd maar sy eindproduk gaan 'n deurbraak wees. Die houtvaatjies gaan vir eers genoeg wees en hy het nog hout oor ook. Hierdie is nog sy geheim. Om eerlik te wees is hy bietjie versigtig vir Steph se reaksie.

Dat hy besig is om 'n wa te bou met 'n platbak waarmee hy die vaatjies met wyn Kaap toe kan vervoer, gaan 'n deurbraak wees. Hy grinnik by homself as hy dink aan die vorige week. Sy probleem om die wa mobiel te maak is eensklaps opgelos toe hy die beeskraal besoek wat Jantjies se verantwoordelikheid is. 'n Paar jong bulletjies het sy aandag getrek, en 'n briljante plan het deur sy kop gegaan.

"Jantjies, kom luister hier." Jantjies het hoed in die hand nadergestap.

"Wat het die Sieur op sy hart?"

"Jantjies, keer vir my sowat agt van jou osse uit. Laat hulle vir 'n paar nagte eenkant in 'n kamp, dan kom ek weer." Hy het die vraende uitdrukking op die geel gesig ignoreer en môre wil hy weer 'n besoek aan die krale bring. As sy teorie werk sal hy dit vir Lillie gaan wys. Hy voel skuldig as hy besef dat sy met hom praat.

"Siegfried daar is nog iets. Wanneer mag ek om kyk wat jy in die kunsateljee kon vind? Is daar iets wat nog bruikbaar is?'

"Natuurlik is daar, en jy is welkom om te kom kyk. Ek kry min tyd, maar die lieflike doeke en hoeveelhede verf en kwaste is hopeloos te aanloklik om te ignoreer."

"Dan is dit goed, ons is nou al bietjie laat vir aandete, ons maak dit 'n volgende afspraak."

Siegfried gaan dadelik na sy kamer om gereed te maak. Die gebruik op die plaas is dat aandete formeel is en dat geen verskoning aanvaar word om nie daar te wees nie. Hy bad vinnig en staan dan voor die kas om iets te vind wat geskik is vir die geleentheid.

Hy trek die laai onder in die yslike stewige hangkas oop, en dan merk hy die klein trommeltjie wat in die agterste hoek van die laai staan. Eers wonder hy of hy die reg het om dit oop te maak. Sy nuuskierigheid kry die oorhand en hy tel die blikkie op. Die dekseltjie gaan maklik oop en hy vind 'n aantal foto's en 'n bondeltjie hand geskrewe briewe. Die boonste foto is definitief die van 'n baie jonger Lillie. In haar arms hou sy 'n mollige baba seuntjie vas. Hy sluk 'n knop in sy keel af as hy besef dat dit haar seuntjie moet wees.

Dit is die man wat intiem met sy hand op haar skouer staan wat sy aandag trek. Die donker man se gesig is beslis haar oorlede man. Hy is aantreklik maar selfs op 'n foto kan nie help om die harde lyne om sy mond te sien nie. Hy kan nie help om die weerloosheid van die jong Mamma, in teenstelling met die man te sien nie. Hy lyk ook redelik ouer as sy?

Die dong lui vir aandete en haastig plaas hy die trommeltjie terug in die laai. As hy in die lang gang afstap vergeet hy van sy fonds want die geure van 'n maaltyd wat met sorg beplan is styg op in sy neus.

HOOFSTUK 11

Die werk op die plaas raak gaandeweg al meer en hulle stel nog werkers aan. Dit beteken hulle moet meer huisies bou, want die vrouens en kinders word meer. Oestyd uit die wingerde is in volle swang. Die nuutgeboude parsvloer word na 'n paar veranderinge ten volle in gebruik geneem. Die stroom druiwesap wat in die vaatjies val ontlok 'n luide toejuiging van die opgewonde slawe.

Daardie seisoen se parstyd is 'n dawerende sukses. Die yslike stookketels werk aaneen en dan word die lieflike aroma van die eerste oes in die houtvaatjies, oor die plaas geruik.

Marcelle het Herr Steph se stoel tot langs die ketel gestoot vanwaar hy die werksaamhede dophou. Dit is moeilik om die verwondering van enigeen betrokke se gesig te kan wegvee. Hy lig sy hand as Siegfried by hom wil verbystap, maar dan gebeur die wonderwerk.

"Siegfried, vandag moet ek jou komplimenteer. Ek wou dit nie aanvaar nie, maar as ek 'n seun gehad het sou dit een soos jy moes wees. Jy het wondere hier verwek." Hy steek sy bleek hand na Siegfried uit, en met 'n bewende stem vra hy:

"Pas my suster op. Vir die eerste maal in my lewe is ek gerus oor haar as ek my kop moet neerlê." Trane dam in sy oë op as hy Siegfried se hand druk. Albei mans is bewus van die nuwe band wat tussen hulle gesmee word. As Siegfried opkyk, kyk hy vas in Lillie se blik wat vasgenael op die toneel is. Haar hart bons van geluk.

Die grootste groep van slawe is nou beskikbaar om iets anders te doen as druiwe oes. Weereens wend Lillie haar na Siegfried.

"Wat dink jy kan ons doen om die vrouens en jongetjies nie ledig te laat rondstaan nie? Hulle kan nie 'n jaar wag vir die nuwe druiwe oes nie?"

"Ek het al daaroor gedink, en die groot hoeveelheid vrugtebome waaraan geen aandag gegee word nie, lyk vir my na 'n potensiële nuwe projek." Lillie se voorstel laat Siegfried se oorywerige ondernemings gees galop soos wilde perde.

"Natuurlik Lillie, maar dit is nou iets waarvan ek niks weet nie. Wat kan jy voorstel?"

"Wel, ons kook reeds 'n goeie voorraad, konfyt, maar hier waar ons bly is suiker nogal 'n probleem. Daar is egter 'n ander oplossing."

Sy beduie met haar hande en verduidelik haar plan. Weer breek 'n besige tyd op die plaas aan. Die jong manne met handvaardigheid word die taak opgelê om langwerpige houtrame aanmekaar te timmer. Die rame word oorgetrek met dun moeselienlappe wat vryelik aan die Kaap beskikbaar is. Hulle bou stellasies en laat die rame daarop rus.

Dan begin die groot werk om berge geskilde perskes gereed gemaak word om te droog.

Vlieë raak 'n volgende probleem en die handvaardige vrouens maak doeke om die vrugte te beskerm sonder om die wind en son weg te hou van die vrugte.

Kortom is almal op die plaas opgewonde om die vrug van die boord te verwerk. Niks word meer vermors nie, al die gedroogte vrugte word in sakke gestoor vir die winter maande wanneer snoeperye skaars word.

Waar Lillie voor haar kamervenster staan is die werksaamhede 'n lus vir die oog. Sy betrap haarself dat sy al meer afhanklik raak van die strandloper. Soms wonder sy of hy nog dink aan sy vrou wat oor die water agtergebly het.

"En as hy doen Lillie? Wat dan, vra sy bitsig aan haarself. Jy het geweet hy is nog getroud toe jy hom ontmoet het. Boonop is hy jonger as jy. 'n Goeie ses of sewe jaar?" baklei sy met haarself. Sy gryp 'n sambreel en op 'n drafstap beweeg sy na waar die perskes gedroog word. Sy moet hierdie gedagtes eenvoudig hokslaan.

Siegfried is pal besig by die parsvloer.

Die proses word volgens kenners as volmaak beskou, maar Siegfried is nie tevrede nie. Vir die komende seisoen sal sy groot draai wiel wat uit hout vervaardig is begin werk. Dit word deur perde al in die rondte gedraai om die druiwe korrels te pars. 'n Gleufie stel die sap vry wat in die vaatjies tap. Dit gaan baie tyd spaar met die pers van druiwe. Die ondergrondse kelder is reeds gereed, en sy vaatjies wat ook uit hout gemaak word hoop op, gereed vir die emmers vol wyn uit die wingerd.

Die bou van die wa is Siegfried se mees kosbare uitvinding. Die wiele is kleiner maar stewiger as die van die koetse. Die onderstel is stewig en hy maak seker dat dit die gewig van die vaatjies kan dra.

Vanoggend stap hy met ligte tred na die beeskrale. Hy is effe onseker maar vol vertroue.

"Jantjies kom help my sodat ons kan sien wat ons osse geleer het."

"Auk Sieur, hierdie osse, hulle issie nie meer so wild nie. Kyk!" Jantjies maak die hek oop en stap die kraal binne. Onmiddellik begin die osse nader aan die draad van die kraal beweeg en met Jantjies voor stap hulle agter hom aan. Siegfried se glimlag strek van oor tot oor!

"Jy moet nou jou osse leer. Kyk mooi watter twee kan span maats wees." Jukke word gebou en die osse in pare gespan. Na 'n paar dae word die pare gekoppel aan die voltooide wa en verlaat hulle die skuur.

Opgewonde gaan haal Siegfried weer vir Lillie. Dit word 'n dag van feesvieringe op die plaas. Die wa en osse is gereed. Oor 'n paar weke sal die kosbare vrag met vaatjies vol wyn gereed wees om na die Kaap vervoer te word.

Lillie gooi weereens haar arms in ekstase om Siegfried se nek. Hy tol haar in die rondte. Hulle uitgelatenheid ken geen perke! Hierdie keer sonder enige selfbewustheid, net suiwer vreugde. Die plaasvolk klap opgewonde hande en begin vrolik 'n riel in die stof dans. Niemand merk egter Marcelle se blik op die toneel van Siegfried en Lillie se impulsiewe uiting aan hul geluk nie.

Dit is 'n jaar nadat Siegfried op die plaas is. Dit is nie sy eerste groot mylpaal wat die voormalige strandloper op die plaas bereik nie. Die plaas word gou bekend in die omgewing as die begin van werk skepping, produseer van vrugte en bo alles die maak van 'n goeie versnit rooiwyn. Lillie kan nie genoeg dankie sê vir die wonderlike dag wat sy Siegfried ontmoet het nie.

Siegfried self is trots op sy handewerk. Alhoewel hy nog met tye wonder wat van Jovanna geword het, raak dit egter 'n herinnering nie meer 'n leefwyse nie. Hy besef dat dit wat hy nie kan verander nie, is dit wat hy moet aanvaar. Om sy deurbrake met Lillie te deel vergoed vir die verlange na sy vrou. Iemand wat besig is om in 'n skim te verander.

"Madame Lillie, ek het die mark bietjie nagevors en my oor op die grond gehou." Sy kyk vraend na hom en weet as hy haar as Madame aanspreek het hy iets op die hart.

"Kom sit dat ons kan gesels Siegfried. Dit klink baie belowend vir my."

"Die uitvoermark vanaf die Kaap na Frankryk is goed, maar die invoer van wyne uit die buiteland is 'n duur proses."

"Dit besef ek maar wat stel jy voor?"

"Dat ons eie wyne gereed is om in groter maat verkoop te kan word. Ons het die beste druiwe en arbeid is nie 'n probleem nie. Miskien moet ons daaraan dink om iemand in die Kaap aan te stel om vir ons navorsing te doen vir 'n afsetgebied in lande soos Portugal, Spanje en selfs Frankryk."

Lillie Vonsteed se verbasing staan oor haar hele gesig geskryf. Sy het al voorheen daaraan gedink maar dit het na 'n onbegonne taak geklink. Terwyl sy na die jong man se plan luister klink dit nie meer so moeilik of onmoontlik nie.

"Siegfried ek hou van jou idee, gee my 'n paar dae tyd sodat ek met my broer ook kan gesels."

Hiermee moet Siegfried tevrede wees. 'Minstens het sy nie nee gesê nie.' Brom hy in sy baard. Hy stap na die rand van die wingerd en met 'n kritiserende blik stap hy na die bestaande ondergrondse kelder.

Iets trek sy aandag. Hy plaas sy hand oor sy oë en tuur na die berg. Sy groot liggaam versteen as hy na 'n paar oomblikke besef dat sy ergste vrees bewaarheid word. In die verte verskyn 'n digte wolk, nie vanuit die hemelruim nie, maar van die grond af. Rook! Hy maak alarm!

Uit die hoek van sy oog merk hy 'n paar werkers te voet na die deel van die plaas te hardloop na waar Herr Steph se huis is. Sy aandag is egter voor hom waar oranje vlamme nou die yslike brand bevestig.

Binne minute is elke beskikbare persoon op die plaas oppad na die wingerd teen die hang. Sy asem jaag as hy vooruit jaag op sy perd! Dit is die land waar die jongste lote tekens toon van hule eerste drag. Hoe nader hy kom, hoe woedender word hy! Hoe kon die wingerd sommer net aan die brand raak? Die vuur raak al duideliker, vlamme begin hul lang arms rek om eerste bo uit te kom.

Siegfried twyfel nie. In sy wilde jaagtog skree hy bevele na die verbouereerde slawe. Omliggende boere wat die digte rookwolk opmerk kom aangejaag om hulp aan te bied.

Die volk kom aan soos 'n skare na 'n onthaal, elkeen met 'n bondel nat sakke in die arms en as hulle die brandende wingerd bereik begin hulle verwoed slaan. Die vlamme koggel hulle uit en spring na 'n volgende ry lote. Gebroke buig die gebrande stokke verslae hulle koppe as die vuur net 'n hoop as agterlaat.

Siegfried besef dat hy iets sal moet doen of hulle verloor die hele wingerd.

"Manne, kom hier. Beweeg tien tree na agter, Staan in 'n ry en steek die naaste boompies aan die brand." Roep hy bokant die geraas van die kletterende vuur. Die slawe staar na hom asof hy sy kop verloor het. Dan raak almal aan die beweeg as hy bulderend beveel:

"Beweeg! Doen wat ek sê!" iets aan sy stem laat hulle reageer. Oomblikke later kom sy bevel: "Beweeg na die sykante! Gou! L os die vuur dat hy kan loop. Die tien manne naaste aan my, gaan om en grou 'n wal. Keer die vuur om anderkant die wal te bly."

Dan gebeur die wonderwerk. Jafta en sy maats kom met die wa en osse, gelaai met vaatjies, gevul met water teen die kant van die wingerd aan. Vrees vreet aan Siegfried se hart. Wat as die wa ook brand? Hy besef dat hy niks kan doen nie, hulle het die water nodig!

Dit word 'n oggend waaroor nog jare gepraat gaan word. Meer as die helfte van die wingerd brand af tot in die grond. Die keerwal wat hy skep maak 'n voorbrand, en gou bereik die twee vure mekaar.

Siegfried is moeg, sy asem jaag en sy perd is uitgeput. Hy klim van die dier se rug en met 'n klap op sy boud spring die perd op 'n draffie weg terug plaas toe. Hy voeg hom by die moeë werkers en help die swaar vate met water aandra. Eensklaps draai die rook as 'n sterk wind van die berg se kant af aankom.

"Julle manne daar voor, kry die wa en osse uit die pad, en los dat die wind sy werk doen. Paniek is besig om sy gesonde verstand te oorheers. Hy draf teen die voorbrand af om seker te maak die vuur is geblus. Hy is moeg, sy longe brand, maar sy pligsgetrouheid laat hom beweeg. Sonder om te dink veg hy teen die wilde hoesbuie wat deur die rook veroorsaak word. Dan besef hy, sy bene kan hom nie meer dra nie. Net betyds swenk hy weg en hy beland in 'n sloot wat die vuur moes keer. 'n Genadige duisternis omvou hom as hy bewusteloos op sy gesig beland.

Lillie kan die rook van die plaashuis af sien. Sy wring haar hande en probeer om te sien waar presies die brand is. Vrees vir die manne, maar bo alles vir Siegfried se veiligheid laat trane oor haar wange rol. Sy huil oor die verlies van die duisende wingerdlote, maar sy ween oor Siegfried se teleurstelling. Sy huil oor teleurstelling wat sy weet in sy bors kom lê.

Marcelle kom staan langs haar en lê sy arm oor haar skouers. Hierdie aanraking is vreemd want sy is sy werkgewer. In tye van verlies tel status nie. Die aanraking van die Lakei troos haar, maar dit breek die wal van woede en magteloosheid in haar oop.

"Madame, ek dink ek gaan 'n perd neem en kyk of alles in orde is met ons mense."

Sy woorde laat Lillie se lam bene in beweging kom. Sy draf na die kombuis en gee bevele aan die kombuispersoneel wat nie gaan vuur slaan het nie.

"Martha, sorg dat elke beskikbare houer vol skoon drinkwater is. Plaas alles onder die wildevyeboom. Ons mense gaan dood van die dors wees. Knie brood en kook al die groot potte vol vleis. Hulle gaan honger wees en ons moet hulle wys dat ons dankbaar is."

Sy drafstap weer na buite en dan spoel skok deur haar liggaam. Marcelle is oppad terug, maar dit lyk asof daar nog iemand op die perd is. Instink laat haar beweeg. Sy draf na haar noodhulpkas en bring die huisapteek-trommeltjie tot buite op die stoep. Dis wanneer sy orent kom dat sy hard na asem hyg.

Siegfried! Hy hang skuins oor die perd. Van ver lyk dit asof sy liggaam leweloos is. Paniek laat haar teen haar eie bewussyn veg. Is dit net moontlike uitputting, of ... maar dit is Marcelle se swaaiende arms wat haar laat versteen. Siegfried het seer gekry! Sonder om te dink bid sy kliphard.

Marcelle gly van die perd af en vang die slap liggaam van Siegfried om met inspanning die beseerde man te sleepdra tot op die stoep.

"Wat is verkeerd Marcelle! Wat het gebeur!" haar stem is gevul met angs. Sy bewe van kop tot tone maar slaag daarin om 'n kombers op die stoep oop te gooi. Sy val op haar knieë langs die bewustelose man neer. Haar stem is skor van vrees as sy aanhoudend na hom bly roep.

"Madame, hy haal nog asem maar ek dink hy het rook ingekry. Hy was deurentyd aan die voortou. Hy het in een van die slote geval. Ek was net betyds om hom uit die rookwolke te red. Hy het aanhoudend gehoes. As ek minute later gekom het, het hy verstik."

Sy woorde laat die vrou uit haar verstarde skok toestand en sy tree daadwerklik op. Die man voor haar snak na sy asem en begin onmiddellik weer hoes. Lillie besef die gevaar waarin hy is. Hy kan sterf van rookvergiftiging in sy longe. Om die dokter hier te kry gaan te lank neem. Sy laat hom effe meer regop sit, en probeer hom kalmeer. Hy stoei en veg en prewel aanhoudend:

"Die brand, die vuur, keer die vuur."

Trane stroom oor haar wange. Vrees om hom te verloor maak haar waansinnig van angs. Hoe lank sy so met hom gesit het weet sy nie, maar dan hoor sy asof van ver Marcelle se stem.

"Madame hier is 'n ruiter by die groothek. Ek gaan gou kyk wie dit is."

Sy is nie bewus dat Marcelle om die hoek van die huis verdwyn nie, sy streel met haar hande oor die bewustelose man se hare en praat bemoedigend met hom.

"Siegfried! Asseblief bly by my, ek het jou so nodig!" Sy is nie bewus daarvan dat haar lippe oor sy wange streel wat pikswart van die rook is nie. Sy probeer sy hande wat vol blase gebrand is met haar eie hande bedek. Uit die pot met tuisgemaakte brandsalf skep sy mildelik en smeer oor sy vingers, trane drup op die verbrande vingers, terwyl sy oor en oor sy naam prewel.

Dan raak sy bewus daarvan dat sy nie meer alleen is nie. Marcelle buig langs haar en vat aan haar skouer.

"Madame, skuif asseblief weg, hier is iemand wat ons kan help."

Die vreemde jongman druk haar eenkant toe terwyl sy rem om nie haar plek aan Siegfried se sy te verloor nie. Agter haar rug hoor sy die vreemde stem:

"Verskoon my Madame, ek is 'n dokter, ek kan help."

Lillie het nie tyd om te wonder waar die man so betyds vandaan kom nie. Sy prewel aanhoudend 'n dank gebed en skuif dankbaar op sodat die jong man kan oorneem. Sy sit nou bokant die pasiënt se kop met sy kop op haar skoot.

Die arts begin onmiddellik met sy voorsorg wat brand pasiënte nodig het. Hy plaas 'n nat lappie oor Siegfried se mond en dwing sy lippe van mekaar. Dan plaas hy sy hande plat oor sy borskas en druk met sy volle gewig op sy ribbes. Weer en weer druk hy hard op Siegfried se bors. Na wat soos ure voel lig hy sy hande as hy die snik uit sy pasiënt se oop mond hoor. Hy druk nog eenmaal hard en verlig hoor hy hoe 'n diep sug deur sy dor lippe blaas. Hy verwyder die lap van sy gesig en vryf sy polse en die are in sy nek.

"Die ergste rook is nou uit sy longe. Help my sodat hy regop kan sit. Lillie sit regop en die arts lig Siegfried op om hom teen haar bolyf te steun. Sy asem is nog vlak maar minstens haal hy asem. As 'n hoesbui hom oorval, glimlag die vreemde man van verligting.

"Pardon Madame, gewoonlik is my maniere nie so swak nie."

"Dokter, jy is gestuur asof 'n engel uit die hemel. Waar kom jy so betyds vandaan?"

"Ek was in die omtrek vanaf U buurplaas by 'n siek ou dame. Die digte rook het my aandag getrek, en ek moes kom ondersoek instel. Min wetende dat hier 'n noodgeval wag."

"Dink U dat hy nou buite gevaar is?"

"Dit kan 'n rukkie neem, afhangende hoeveel rook in sy longe was. Moenie skrik as hy nie binnekort by sy volle bewussyn is nie." Hy gee 'n verleë laggie en neem die bleek vou se hand. Hy buig vooroor stel homself voor.

" My naam is Karl DuBoys, ek het reeds genoem, ek is 'n mediese dokter."

"Lillie Vonsteed. Aangenaam. Hoe sal ek jou ooit genoeg kan bedank? As dit nie vir jou was nie!"

Sy skud haar verkreukelde romp reg en staan stram op.

"Wie is my pasiënt Madame? Is dit U eggenote?" 'n Bloedrooi blos sprei oor die vrou se bleek wange as sy besef hoe dit vir die man moes lyk.

"Jammer dokter! Nee dit is ons plaasbestuurder, Siegfried Kutzke. Die brand het ons onverhoeds betrap." Om haar verleentheid weg te steek wend sy haar na Marcelle.

"Marcelle, kry hulp en kry monsieur Siegfried in sy bed. Kry een van die binne meisies om by hom te waak." Sy wend haar weer na die dokter en verskonend vra sy:

"Kan ek vir U iets aanbied om te drink?"

"Madame ek sal graag wil gaan seker maak dat hier nie nog mense is wat hulp nodig het nie. Stap U saam?"

"Natuurlik, daar mag nog beseerdes wees. Ek sal liewer hier wil bly en voorsorg tref vir wanneer die reddingspanne terug kom."

Buite onder die wilde vye boom wag 'n troostelose gesig die jong dokter in. Uitgeputte slawe, mans en vrouens sit onder die boom, sommige hoes van rook inaseming, sommige reeds besig om te eet. Dat hier 'n dokter in hul midde is veroorsaak 'n beroering. Die aantal beseerde mense hou hom lank besig. Lillie se bewondering vir die jongman groei by die minuut.

Dit is byna sononder as die laaste helpers na hul huise vertrek, toe Lillie weer by hom aansluit.

"Dokter, ek bied U my innige dank. Dit sal vir ons 'n voorreg wees as u 'n kamer in die huis aanvaar. Gaan neem 'n bad, ek aanvaar u was voorbereid om 'n tydjie in ons omgewing deur te bring?"

"Ek was mevrou en ek aanvaar met dank, glo my dit was 'n uitputtende dag. Hoe lyk jou plaasvoorman?" Sy wil haar verbeel dat hy spottenderwys na hom verwys.

"Hy is nou rustiger. U kan na aandete weer by hom inloer."

Daardie dag sal altyd in die geskiedenis van Lamotte aangeteken word. Op Lillie se aandrang neem Dokter DuBoys sy tydelike intrek in die groot herehuis. Op hierdie manier maak sy seker dat Siegfried deurentyd onder die jong dokter se wakende oog is.

Die plaas mense leer die dokter beter ken en asof hy bewus is van die besorgdheid van die inwoners oor die baardman, lewer hy sy beste. Siegfried herstel geleidelik en na 'n week of twee laat die dokter hom toe om sy slaapkamer te verlaat.

Gaandeweg kan Siegfried weer die leisels hervat en vanaf die wye stoep deel hy bevele uit. Die gebrande lande moet van 'n kant af skoongemaak word om van vooraf te plant. Die slawe bewys hulle lojaliteit aan Lillie en Siegfried. Mans vroue en kinders is voltyds besig om nuwe lote in die grond te kry. Almal is onverpoos besig om die verskroeide land te herstel. Spoedig sal daar weer jong lote wees wat sover die oog kan sien regop beur. Voor die einde van die seisoen sal teer nuwe blaartjies te voorskyn kom hulle om te herinner aan die Groot Hand wat die plaas beskerm.

Gelukkig is daar genoeg vaatjies gevul met wyn wat in fermentasie is om die plaas weer in produksie te kry.

Jantjies bewys homself as die beste touleier van sy tyd. Hy oefen sy osse daagliks en teen die tyd wat Siegfried genoegsaam herstel het, is hy verstom om die osse te sien.

Die wa is gereed en die osse word weer ingespan, hierdie keer vir die doel waarvoor hulle opgelei is. Onder luide toejuiging van die plaasvolk neem die osse hulle eerste tree met die wa.

Siegfried raak ongeduldig. In die kelder is dit koel genoeg vir die druiwe wat hier gestoor word, maar dit kan nie nou na die hawe in Kaapstad vervoer word nie. Dat hier nou mooi gewerk moet word met die oes is seker. Die brand het 'n reuse verlies veroorsaak. Iets sal gedoen moet word om die groot groep mense van voedsel te voorsien.

Soos die tyd aanstap raak dit duidelik dat die dokter nie haastig is om terug te keer Kaap toe nie. As Siegfried omgekrap is wys hy dit nie. Saans alleen in sy kamer deel hy sy frustrasie met sy spieëlbeeld.

"Ek is dankbaar, die ou het my lewe gered, maar vervlaks hierdie is nie 'n losieshuis nie. Solank hy hier is kan ons nie nog iemand huisves nie? Ons planne om 'n skoolmeester vir die klomp kindertjies op die plaas in diens te neem moet nou eers wag. Ergerlik dink hy dat hy met Lillie sal moet praat. Hy hou baie van die vriendelike jong dokter, maar hulle het 'n leerkrag nodig.

Intussen gaan die lewe normaal voort. Die nuwe parskuipe is gereed om die yslike druiwetrosse te ontvang.

Siegfried het niemand om voor te vra nie want aan die Kaap is wynmakery nog in sy kinderskoene. Binne 'n paar dae is hulle weer goed aan die gang. Die stookketels begin weer warm word en 'n paar weke later word die eerste sap in die vaatjies getap. Die dokter kuier nog rustig voort!

Kort voor lank staan 'n vrag met houtvate vol wyn en gereed om na die hawe vervoer te word.

Die wa met osse bereik die Kaap sonder enige teëspoed. Siegfried word bekend gestel aan die baie koopmanne wat die proviand van die boere koop om te verskeep. Alhoewel dit vir hom vreemd is, geniet hy dit om met trots die oes van hul plaas te vertoon.

Dat daar agter bakhande gefluister word oor die bebaarde man wat onder die Vonsteed embleem handel dryf, is hy onbewus daarvan. Binnekort bring hy hulle gedroogte vrugte wat hy reeds met een of twee handelshuise bespreek het.

Dat sy naam bekend raak onder handelshuise en derhalwe ook die goewerneur se oor bereik, is hy wel deeglik van bewus. Agter bakhande word die vreemdeling van Lamotte goed bespreek.

Siegfried hou boek van elke dag se vordering. Die heerlike natuurlike wyn word op Lillie se verjaardag bedien. Alhoewel dit altyd 'n jolige tyd vir die plaas was, is die slawe gereed vir die grootste fees ooit. Musiek dreun elke aand oor die werf soos die slawe orkes oefen.

Siegfried is op sy stil manier tog in ekstase met die profyt wat hulle gemaak het. As hy nou net kan uitvind wat die dokter se planne is. Hier is nie genoeg siekes nie en hulle moet 'n skool aan die gang kry vir die kinders wat al meer word.

Die aand met haar verjaardag onderskep hy 'n gesprek tussen Lillie en dokter Karl DuBoys. Hy wou eers verbystap, maar hy steek vas en spits sy ore.

"Madame, hier is nou niks meer wat ek vir die mense op hierdie plaas kan doen nie. Al die babas wat moes kom is besig om groot te word en Monsieur Siegfried is buite gevaar."

"Ek vermoed dit lankal maar waar sal u heengaan Dokter? Terug Kaap toe?"

"Ek weet nog nie, miskien kan ek by die Goewerneur aanmeld as geneesheer. Hier is min medisyne mense aan die Kaap."

"Jy is reg, net soos leerkragte. Ons het soveel kinders hier en ons wil graag plan maak om hulle te leer lees en skryf." 'n Frons verskyn op die geneesheer se gesig en ingedagte antwoord hy haar:

"Ek het nooit daaraan gedink nie, Madame? As ek die nodige boeke kan kry, kan ek help met die onderrig van die kleintjies? Ek is bekwaam genoeg om die nodige opvoeding te verskaf."

Lillie se gesig verhelder en asof dit die natuurlikste ding op aarde is wink sy Siegfried nader. Hy is effe verleë. Sou sy weet dat hy afgeluister het? Hy hoop net nie sy weet ook dat hy dankbaar is nie.

Kortliks lig sy hom in.

"Dokter het my so pas vertel dat hy ook in staat is om 'n skoolmeester te wees. Wat dink jy van die gedagte?"

"Dit kan 'n praktiese oplossing wees, maar besef hy dat hy dan op die plaas sal moet bly?"

"Dit kan net tot voordeel vir ons wees." Siegfried kan nie teen hierdie logika kapsie maak nie. Hy trek sy skouers effe op en erken aan homself dat Karl minstens nou al 'n bekende is.

Daardie aand lig hulle Herr Steph in van die moontlikheid van nog 'n inwoner. Lillie is verbaas oor sy inskiklikheid. Sy eenvoudige antwoord is:

"Watter wonderlike oplossing. Dan het ons beide 'n dokter en 'n skoolmeester in ons midde." Daar is wysheid in die ouer man se woorde en beide Siegfried, Lillie en Marcelle heet die jong Karl formeel welkom op die plaas.

Siegfried spandeer baie tyd tussen die vate wat in verskillende tydperke en fases van brou is. Hy maak nog steeds aantekeninge, proe daagliks en stadig maar seker maak hy gereed om hulle wyn hierdie keer aan die edel
manne aan die Kaap voor te stel.

Die daaropvolgende maande is 'n warboel van werksaamhede op die eens stil en rustige plaas. Stadig verrys die stewige nuwe klei kelder met sy lae wit mure en swart grasdak waarin kleipotte vol druiwesap gestoor word 'n groot gedeelte onder die grond ingegrou wat die kleder heerlik koel hou. Diep ronde dromme wat soos vlak damme lyk word gebou en die donkies wat nutteloos rondgestaan het, word nou nuttig ingespan.

Intussen word 'n ou skuur ingerig as 'n klaskamer en dit word 'n heuglike dag as die skool formeel geopen word. Die kinders ontvang tuisgemaakte klip borde om op te leer skryf en Lillie bring boeke uit haar oorlede seuntjie se trommel om te lees. Dit maak die Mammas se hande los om hul volle gewig in te gooi by die verwerking van droë vrugte en konfyt kook. Die klomp vrolike kinderstemme is 'n welkome verandering na die maande van stilte.

Dat dokter DuBoys 'n baie goeie leermeester is word gou duidelik. Die kinders is baie erg oor hom en hang aan sy lippe. Veral wanneer hy vir hulle voorlees uit die Hollandse Bybel. Hulle leer ook om verse te leer en voor te dra tot groot vermaak van die ouers en plaas mense. Siegfried gaan gereeld skool toe om te sien hoe die kinders vorder. Tog laat hy nie sy eie verantwoordelikheid daaronder ly nie. Een oggend vroeg wag Amos hom in.

"Kom my klong jy kom asof jy gestuur is."

'n Houtspaan word in die plat klipdam installeer. Die donkies word weer ingespan om al in die rondte te loop om die sap na 'n afleivoortjie gelei vanwaar dit met 'n kraantjie getap word. Die sap in die vaatjies, gaan vandaar na die kleder. Minder suiwer sap gaan verlore en dit verhoog die produksie. Die droesel van druiwe doppe en ongesyferde sap word verwyder en eenkant geplaas vir verdere verwerking. Die proses gaan nou baie vinniger.

Die eerste blink koperketel word ingelyf en Lillie kan haar oë nie glo toe die straal lieflike rooi wyn in die hout vaatjie getap word nie. Die proses se hemelse geur vervang die verlies aan die baie wingerd lote wat gebrand het. Nog 'n bonus is die welige vrugteboorde wat op maak vir alle verliese. Perskes, appelkose en vye bome begin dra en verder af begin groente tuine met tamaties, boontjies en rye pampoen ranke sigbaar. Vonsteed Landgoed se naam loop hom vooruit, maar so ook die van Siegfried Kunzke.

Herr Steph is versigtig optimisties want hy wil nie die jong man se inisiatief breek nie. Hy het geheg geraak aan die man, wie se welige baard nou gereeld gesny word en Lillie verwonder haar al meer aan die aantreklike man wat hy word.

Hulle kan die geheim nie langer bewaar nie. Van oral kom nuuskierige boere kyk hoe die werksaamhede ontwikkel, maar meesal die vreemde wynbouery, asook die droogmaak van vrugte.

Die afgelope maande se harde werk het Siegfried baie goed gedoen. Dit was 'n tyd waarin hy moes konsentreer en kon hy vergeet van die mishoring wat diep uit die see blaas. Lillie se geselskap het ook bygedra om hom 'n nuwe denkrigting te laat volg.

Hy lag saggies by homself as hy onthou hoe hy die eerste koetswiele moes hersien. Hy moes al sy vernuf inspan maar dit het baie gehelp met sy projek van wabou. Die werk met die mooiste hout uit die plantasies het hom eindelose genot verskaf. Soms wonder hy oor Lillie. Sy is lankal nie meer die ou vroutjie uit die bos nie. Sy is 'n beeldskone vrou wat sy hartsnare roer.

Sy maag kriewel as hy voor die lang spieël in sy kamer staan; besig om die krawat om sy nek te knoop. Lillie het hom genooi om na ete vanaand vir 'n wandeling te gaan. Hulle werk so hard dat tyd vir ontspanning 'n luukse is.

Hy draai skuins en wonder wanneer laas hy so uitgevat was. Die ligte bruin baadjie en donker groen broek pas mooi by sy donker baard. Sy baard word deesdae gereeld gesny, sy hare behandel en versorg. Verleë draai hy weg van die spieël asof hy betrap is om vrugte te steel. Sy hakskoene klap op die klipvloer as hy in die rigting van die eetvertrek stap. In die deur steek hy vas! Lillie staan voor die buffet met 'n fyn wynglas in haar hand.

Haar hare is in 'n modieuse kapsel op haar kop gestapel en haar wynrooi rok klok wyd uit tot op die grond. Hy verstom hom aan haar dun middeltjie en die vroulike boesem wat tussen wit kant valletjies uitloer. Sy hart mis 'n slag. Hierdie vrou is beeldskoon! Gelukkige man wat haar hart gaan wen.

Skielik kramp 'n pyn om sy hart. Sal hy dan nooit weer die sagtheid van 'n vroulike liggaam teen sy eie ervaar nie?

Hy snak as hy sy eie gedagtes herken. Die gemis aan 'n vrou, sy vrou! Jovanna het net 'n naam geword. Lillie is 'n begeerlike, warm en vroulike vrou. Die een behoort aan die verlede die ander een in die hede maar buite sy bereik. Hy mag nooit vergeet dat hy 'n getroude man is nie!

Hy sug diep en stap dan vorentoe om haar met 'n buiging te groet. Hy buig oor haar hand en druk sy lippe vlugtig teen haar hand.

"Ah! My liewe Siegfried. Ek het so lank gewag vir die ruwe strandloper om 'n galante heer uit die adelstand te word." Hy erken haar kompliment met nog 'n kniebuiging en dan sit hulle aan vir ete.

Na ete neem sy 'n fyn sambreel wat perfek pas by haar rooi tabberd en kyk op in sy oë.

"Kan ons gaan Mijnheer?"

Hy hou sy arm na haar uit en sy plaas haar hand op sy voorarm. Hoe is dit moontlik dat hy soos 'n skatryk man voel met die mooi vrou aan sy arm? Die eerste entjie stap hulle in stilte voor sy vra.

"Siegfried, is jy gelukkig op die plaas? Verlang jy nie terug na jou strand nie?"

Sonder huiwering antwoord hy: "Lillie, ek betrap myself gereeld dat ek al minder terugdink aan die verlede. Dat ek reeds voordat ek hierheen gekom het, geweet het dat ek Jovanna nooit weer sal sien nie."

"Beteken dit dat jy gereed is vir 'n nuwe lewe?"

"Wat bedoel jy Lillie, ek is mos reeds in my nuwe era?"

Sy lag spontaan as sy haar ander hand oor haar hand op sy arm vou. Sy lyk asof sy aan sy arm hang, Sy moet keer om die bewerasie in haar liggaam te beheer. Sy gee voor om ontspanne te wees maar sy voel asof sy 'n gespanne kitaarsnaar is.

"Ek wil weet wanneer jy gereed gaan wees vir 'n bal op die plaas. Een waarheen ons al die hubare jong dames kan nooi om jou te ontmoet."

"Lillie! Jy dink tog nie daaraan dat ek gereed is om weer 'n vrou te soek nie?"

Haar helder lag weerklink oor die veld en vir hom klink dit soos musiek.

Hulle stap nog 'n ver ent voordat hulle omdraai en terugstap plaas toe. Hulle is gemaklik in mekaar se geselskap, tog is Siegfried meer as bewus van die vrou aan sy arm. Wanneer hulle by die huis kom draai sy na hom en staan op haar tone. Sy druk haar sagte mond liggies teen sy wang en met 'n sagte 'dankie Siegfried' trippel sy teen die trappe op by die oop voordeur in.

Siegfried staan verlam en staar haar agterna. Ingedagte streel hy oor sy wang waar die veerligte aanraking van haar lippe geraak het. Sy hart tuimel soos die van 'n tiener wat sy eerste meisie ontmoet het.

"Siegfried ou maat! Kry jouself onder beheer! Die vrou is te oud vir jou! Sy is jou werkgewer en bo-alles jou beskermvrou." Ingedagte stap hy weg van die huis in die rigting van die stalle. Hy moet homself kalmeer of sy lewe op die plaas gaan weer dieselfde hel word as op die strand.

Lillie kan nie verstaan wat met Siegfried gebeur het nie. Sedert die namiddag van hulle wandeling is hy stug en afsydig. Hy is nog steeds sy ou sjarmante self, maar asof hy haar vermy. Miskien was sy voorbarig om 'n bal voor te stel, maar feit is dat sy dit nie regtig wil doen nie! Sy kan nie dink hoe sy gaan voel om hom te deel met 'n klomp pragtige jong dames nie. Tog weet sy, sy sal moet leer om sonder hom te bly. Hy is per slot van sake jonger as sy en nog getroud!

HOOFSTUK 12

Die lewe word nou weer rustiger op die plaas, want Siegfried se helpers is goed opgelei. Siegfried begin stadig maar seker om sy droom om sy kuns te beoefen te vervul. Hy spandeer meer tyd in die kunsgalery wat Madame Lillie aan hom beskikbaar gestel het. Met genoeg oefening moet hy erken dat hy nie veel van sy natuurlike vaardigheid verloor het nie.

Die skilderye word meer en die een wil mooier wees as die ander. Lillie moedig hom aan en dit laat hom goed voel. Sy doeke begin die aandag van die rykes aan die Kaap trek en sy kunswerke het die Kaap aan die gons. Gou het die Kapenaars weer tougestaan op die plaas. Hierdie keer deur Kunsliefhebbers wat van ver kom om sy werke te kom bewonder en stoei om 'n Kunzke skildery te bekom.

Aan die einde van die sewentiende eeu hou Siegfried Kunzke en Lillie die eerste kunsuitstalling aan die Suidpunt van Afrika - op die plaas. Dieselfde orkes wat die Goewerneur gebruik tydens sy onthale is genooi om die musiek op die plaas te kom maak.

Lillie se kookvernuf oortref alle onthale. Kos uit die boonste rakke word berei en elke vertrek se mure is bedek met skilderye uit Siegfried se kunstige hande. Die onthaal word oorheers deur die fynste wyne uit die kelders van Lamotte .

Jong meisies daag op in die swierigste tabberds en jong manne se gepoeierde pruike glinster in die lig van vele lampe wat brand. Koetse van oral oor staan voor die opstal. Siegfried staan fier en regop langs Lillie om hul gaste te verwelkom. Die welgeklede man met sy driekwartbroek, hakskoene en spierwit syhemp is ver verwyderd van die strandloper van 'n ruk tevore. Hy dra selfs 'n gepoeierde pruik en manel baadjie.

Lillie plaas haar hand op sy arm en staan op haar tone om in sy oor te fluister:

"Nooit in my wildste drome sou ek ooit kon dink dat iets soos hierdie aand ooit weer in my huis sou plaasvind nie."

Siegfried kyk af en die glinstering in haar mooi oë is vir hom beloning genoeg.

"Wat moet ek dan sê Madame? Tot 'n paar maande gelede was ek 'n strandloper wie se hele lewe om die terugkeer van die skip uit my verlede gedraai het."

Haar hart slaan bollemakiesie. Beteken dit hy is genees van sy verlede?

Die meeste gaste is reeds in die groot balsaal en Lillie en Siegfried maak gebruik van die paar minute van privaatheid. Asof die atmosfeer om hulle bydrae tot die geneentheid tussen hulle veroorloof Lillie haar die vraag wat haar lankal nagte laat rondrol en sy gebruik die geleentheid om weereens die vraag te vra.

"Wat het sedertdien verander Mijnheer? Wag jy nie meer nie?" Siegfried lig sy kop op en staar na die hoogste pieke van die berg agter die huis. Hy dink 'n oomblik na oor haar vraag voordat hy afkyk in haar wagtende gesig.

"Lillie ek sal seker altyd wonder. Feit is dit oorheers nie meer my daaglikse bestaan nie. Jy het my geleer om te aanvaar wat ek nie kan verander nie. Hier in die kelders en tussen die wingerde is my toekoms weer 'n sekerheid. Danksy jou ..."

Lillie lig haar hand na sy gesig en raak aan sy baard, so teer dat dit soos 'n vlindervlerk voel. Hy neem haar slanke vingers in sy groot hand en bring dit na sy lippe. Albei is oorbewus van die wilde bonsing van hul harte. Twee pare oë vind mekaar en Siegfried merk hoe haar lippe effe van mekaar beweeg. Sy linkerhand vou om haar rug en hy weet sy sal haarself nie teësit nie. Die woord wat oor sy lippe moet kom word gestuit want die Lakei wat agter hulle verskyn, maak keelskoon en die oomblik spat in skerwe:

"Verskoon Madame, maar die orkes is gereed vir die opening van die dansbaan. U teenwoordigheid is nodig."

Lillie wens sy het 'n towerstaffie gehad, sy sou wragtig die hele bal wou laat verdwyn. Sy laat sak haar kop en lig haar rok se soom. Protokol bestaan ook aan die Kaap! Sy draai om en voel hoe Siegfried se hand van haar skouers afgly.

"Ons kom Marcelle, eintlik was ons oppad." Marcelle se diep spotlaggie gaan by hul albei verby. Hy kan nie glo dat hy iets sien waarvoor hulle albei blind is nie. Hy stap vooruit en met sy rug na hulle gekeer wag hy tot hulle agter hom by die deure tot stilstand kom. Die swaar dubbel deure gly oop en onmiddellik raak die geroesemoes van stemme stil. In die opening verskyn die gasvrou en haar gesel. Die ligte bewing in haar liggaam is net haar geheim. Sy plaas haar hand op Siegfried se aangebode voorarm, en 'n warm gloed omvou haar hele wese. Verbeel sy haar of is Siegfried ook gespanne? Die oomblik is van korte duur want Marcelle se stem weerklink deur die vertrek:

"Dames en Here, u gasheer en gasvrou Madame Von Steed en Her Siegfried Kunzke." Met 'n waai van sy hand gee hy die orkes die teken om die eerste note te speel.

Siegfried maak 'n diep buiging en op hierdie oomblik gee hy nie om wie dit sien nie. Hy steek sy arms na Lillie uit en as die orkes begin speel, gly hulle seepglad oor die vloer. Lillie is oorbewus van haar hand in die van Siegfried. Sy is bewus daarvan dat hy haar hand stywer vashou as wat die polsende dans vereis.

Binne 'n paar minute is die vloer gevul met draaiende en swaaiende veelkleurige balrokke.

Na die eerste dans is dit etiket dat die gasheer- en gasvrou aandag aan hul gaste gee en nie weer met mekaar dans nie. As enigeen oplettend genoeg was sou hulle kon sien dat die oogkontak tussen hulle nooit heeltemal verbreek nie. Dit word 'n aand wat hulle nooit sal vergeet nie.

Soos gebruik staak die orkes na die eerste halfuur. Die gaste word genooi om by die lang rye buffettafels plaas te neem. Siegried is senuweeagtig. Dit is die eerste keer in sy lewe wat hy gasheer by so 'n uithang geleentheid is.

Met 'n wynglas en 'n koekvurkie klingel hy teen die glas en stilte daal neer.

"Dames en Here, weereens baie welkom op die Von Steed landgoed. My innige dank aan Madame Von Steed se gulhartige aanbod om my hierdie geleentheid te bied. Eerstens bied ons aan u ons eerste druiwe oes in die vorm van ons eie wyne." Hy erken ontvangs van die luide toejuiging deur sy glasie te lig. Dan gaan hy voort:

"Na afloop van die ete sal ek ook graag my eie versameling skilderye aan u wil ten toon stel. Alles wat uitgestal word, het 'n prys!" Die gaste geniet sy humor en hou dan hul glase om die vrug van die wingerd te beproef. Hy gaan voort om die wyne bekend te stel. Die kelners is gereed om die wagtende wynglase te vul met die beste wyne wat Siegfried en sy span kon bied

Hulle verlustig hulle in die komplimente wat uit alle rigtings na hulle aangesweef kom.

Siegfried sit aan die kop van die hooftafel met Lillie aan sy linkerkant. Hulle is oorbewus van mekaar, maar hulle hervat nie weer hulle vroeëre gesprek nie. Later word die ete bedien en gaste is nou luidrugtig en ontspanne, te danke aan die wyn uit die kelders.

Aan een van die tafels merk Siegfried dokter DuBoys. Die man is deel van die personeel en sy inskakeling was seepglad. As geneesheer en as skoolmeester vervul hy 'n onontbeerlike rol. Hy het hom reeds by die deur gegroet, maar dit is die jong meisie wat oorkant hom sit wat sy aandag trek. Sy is onopvallend geklee in 'n swart aandrok, maar die eenvoud kan nie haar skoonheid verbloem nie. Dokter DuBoys het haar nie as sy gesellin voorgestel nie, dus aanvaar hy dat sy saam met iemand anders gekom het.

Siegfried neem 'n happie van sy smaaklike ete maar ongemerk hou hy haar dop. Iets aan die meisie lyk vir hom baie bekend. Dat hy haar ken is onmoontlik want hy weet hy ken niemand aan die Kaap nie. Tyd vir verdere bespiegeling is verstreke want Lillie trek sy aandag om hom voor te stel aan die man en vrou wat sy aandag vereis.

"Siegfried, ontmoet die egpaar Bayworth. Hulle het van jou skilderye gehoor en sal dit waardeer as jy saam met hulle deur die uitstalling te stap." Hy knik ligweg na hulle in erkenning en met al die sjarme waartoe hy in staat is, komplimenteer hy die skatryk man met sy mooi vrou. Diep in sy hart giggel hy. Sy is alles behalwe beeldskoon, maar geld wat krom is nè? Op 'n notaboekie langs hom skryf hy die tydgleuf neer wanneer dit hulle beurt sal wees om die versameling te gaan besigtig.

Die ete is gesellig en kort-kort weerklink 'n vrolike lag deur die vertrek. Die kelners bedien nagereg en die gaste beweeg terug na die balsaal. Lillie hou Siegfried ongemerk terug en sy fluister sameswerend in sy oor.

"Maak al jou sjarme met die Bayworths oop hoor. Hulle is maklik die rykste egpaar aan die Kaap. Blair Bayworth se beursie is heeltemal oop as dit by sy jong vrou kom. As sy haar vingers klap betaal hy sonder vrae. Gerugte wil hê dat die ouderdomsverskil vir hom 'n probleem is, daarom maak hy staat op sy geld."

"Dankie vir die waarskuwing Madame, ek sal seker maak dat sy uit my hand eet!"

"Gedra jou net Siegfried, jy weet ek is baie kwaai." Voordat hy haar woorde kan ontleed hoor hulle die musiek wat aandui dat die tweede deel van die dansfees nou in volle swang is.

Siegfried wonder oor die nuwe Lillie. Wanneer het hulle begin om meer familiêr te word? Sy was nog altyd die ouer vrou wat hom uit sy strandloper status verwyder het. Vir hom was sy so ver buite sy bereik dat hy nooit daaroor gewonder het nie.

Sy is ouer as hy, miskien nie meer is ses jaar nie, of dalk agt maar 'n vrou moet jonger as 'n man wees, volgens die reëls van die Kaap. Dan grinnik hy in sy baard as hy skelm na haar loer.

Sy is klein en fyn, hy is lank breed en groot. Dit maak die ouderdomsverskil minder ooglopend. As hy skielik oplet dat sy hom onderlangs dophou, bloos hy bloedrooi in sy welige baard. Hy draai op sy hakke om en haak in by die vreemde jong meisie wat haar dansnommer na hom uithou. Hy gly met haar tussen die dansende paartjies in, terwyl hy sy bes doen om weg te beweeg van die vrou wat te veel van sy aandag in beslag neem.

Aan die einde van die wals, is dit tyd dat hy sy ateljee oopmaak en voornemende kopers innooi. Dit oortref sy hoogste verwagtinge. Lillie is verplig om hom te kom help. Dat die man se kunswerke hoogs in aanvraag is maak sy hart warm van vreugde en dankbaarheid.

Blair Bayworth gebruik sy tyd. Een na die ander word sy naam op die kunswerke geplak. Siegfried se kop draai. As dit so aanhou word al sy stukke uitverkoop!

Hy spits sy ore as hy 'n fluistergesprek tussen die Bayworths onderskep.

"Blair, ek wil graag 'n goeie stuk vir Antoinette koop. Daardie meisie beteken die wêreld vir my. Jy weet hoeveel ek haar musikale talent waardeer. Ons dogters sal nêrens 'n beter geleentheid kry as onder haar briljante leiding nie."

"Natuurlik my vrou, kies jy ek sal dit vir haar laat verpak. Jy weet sy is nie net ons dogters se leermeester nie, maar ook vir ons 'n ouer dogter."

"Dit is waar! Dat sy nou juis by ons moes kom woon bly 'n wonderwerk."

"Wat vir my belangrik is, is dat ons nooit bekommerd hoef te wees dat iemand uit haar verlede sal opdaag om haar van ons te vervreem nie."

Tot Siegfried se frustrasie neem een van die ander gaste hul aandag in beslag en die gesprek word gestaak. Hy frons diep. Van wie het hulle gepraat? Hy was nie bewus daarvan dat hulle kinders het nie!

Later die aand kom 'n opgewonde Marcelle by Siegfried aansluit.

"My vriend! Jou naam gaan jou vooruit loop. Jou kunswerke is feitlik uitverkoop, maar dit is nie al nie! Die bestellings stroom in en bo alles is jy genooi vir uitstallings by twee rykmanshuise binne die volgende jaar!"

Die aand loop ten einde sonder dat Siegfried weer die jong meisie kon sien wat hy vroeër die aand opgemerk het. Hy het soveel om met sy huismense te bespreek dat hy haar gou vergeet. Hy sou haar moeilik kan opspoor, want hy het nie eens haar naam om te onthou nie. Hy weet ook nie hoe sy regtig lyk nie! Dit is moeilik om te bepaal wat die kleur van iemand se hare is, aangesien pruike hoogmode is. Donker gepoeierde pruike is baie gewild, maar onder dit kon net sowel 'n blond of brunette skuil.

Met 'n huppel in sy stap maak hy seker dat alles min of meer uitgesorteer is voordat hy kan begin om te tel hoeveel geld hy gemaak het. Nie dat hy enigiets gaan wen nie, daarvoor is hy nog te knie diep in die skuld by Lillie.

HOOFSTUK 13

Siegfried is lankal deel van die huismense. Almal groei vas aan die enorme groot man. Hy is nie meer so ongetem nie en hy hou daarvan om netjies op sy persoon te wees. Hy word gereeld opgemerk waar hy toesig hou oor elke deel van die plaas se bedrywighede. Die wingerde is sy persoonlike belang, soos vanoggend weer.

Teen die hang van die berg bring hy die perd tot stilstand. Hy klim af en gaan sit op 'n plat klip vanwaar hy 'n wye uitsig oor die hele vallei het. Die plaas is mooi, die wingerde is vol beloftes, die slawe is gelukkig en die skool is 'n wen. Maar tog is daar 'n paar dinge wat pla. Hierdie uitkykpunt het sy geliefkoosde plek geword waar hy kan kom sit en alles bepeins.

Voorop in sy gedagtes is Herr Steph. Dit het maande geneem om die ouer man te verstaan en toe die mure afgebreek is, het hulle goeie vriende geword. Steph vertrou hom, daarom sal hy niks doen om die ouer man te ontstel nie. Boonop gaan sy gesondheid agteruit. Dat hy 'n hartprobleem het weet hulle lankal want die dokter moes oop kaarte met hulle speel. Wat hom nou pla is hulle gesprek 'n dag of wat gelede.

"Siegfried jy weet dat ek groot bewondering vir jou het en die wyse waarop jy die plaas hanteer."

"Dankie Herr Steph, die plaas is in my bloed en my dankbaarheid teenoor Lillie wat my raakgesien het groei by die dag."

"Dit is my volgende bekommernis ou seun. Lillie. Daardie vrou verdien net die mooiste in die lewe."

"Verduidelik asseblief, ek luister."

"Sieg, ek is nie haar bloedbroer nie."

Siegfried het sy asem in geruk en wou impulsief uitroep "ek het geweet" maar respek vir die grysaard in die rolstoel het hom tot stilswye geruk.

"Jy sien, my ouers is wreed deur 'n barbaarse inboorling groep vermoor. Ek was 'n seuntjie van ses jaar oud. Die hoofman van die stam wou my as 'n trofee grootmaak sodat ek hulle bespieder kon word. Ek moes na die blankes op die oewer van die Visrivier gaan en inligting by hulle kry. Sodra die mense my vertrou moes ek terugkeer na my stam en die inligting oordra." Siegfried se hart wou breek. So het elke mens sy eie verlede, het hy gedink.

"Genadiglik vir my, ek was twaalf jaar oud, was my een taak, die boere teen die grens van die Kaap. Dit was Lillie se pa. Hy en haar ma het my by hulle laat oornag en die hele nag met my gesels. Die slotsom was dat hulle my versteek het. Dit was die verkeerde besluit en die Impi's het een helse nag die boere kom vermoor en hulle huise kom afbrand." Hy het 'n oomblik stil gebly asof hy die storie herroep het.

"Lillie was 'n baba, haar ouers het met ons gevlug."

"Waarheen het hule gevlug Herr Steph?"

"Hier na hierdie plaas toe. Hier was net 'n verlate hartbeeshuisie. Die grond is later deur die goewerneur aan die boere toegeken. My hele lewe was ek altyd onseker. Ek was oortuig dat ek die oorsaak was dat hulle moes vlug. Op hierdie plaas het ek hard gewerk, my stiefpa se regterhand geword. Lillie het nog twee boeties gehad, maar albei is dood voor hulle kon loop.

Lillie is getroud toe sy net agtien was, maar haar man was 'n gesiene Fransman en goed bevriend met die Goewerneur. Haar pa het oud geword en kon nie meer so hard werk nie."

"Jy moet rus as jy moeg word Steph ons kan later verder gesels."

"Nee Siegfried jy moet weet. Lillie se man het baie geld in hierdie plaas belê. Die grond was op haar pa se naam, maar die finansiële ondersteuning was haar man s'n. Lillie se seun se geboorte het groot besluite gebring. Na haar Vader se afsterwe het ons die testament gekry. Hy het verskoning gemaak dat ek nie in die erfporsie mag deel nie, maar dat ek lewensreg op die plaas het.

Lillie was die enigste erfgenaam. Phillipe was woedend. Sy manlike trots om op 'n vrou se plaas te bly as bywoner het hom waansinnig gemaak.

Daardie dag toe hy te perd op die plaas weg is, was Lillie onkeerbaar. Haar seun was nog te klein om saam te gaan op sulke ekspedisies. Phillipe het hom nie laat oorheers nie, en die kind is saam met hom en sy vriende om die diamantveld te gaan besoek.

Wat daar gebeur het sal ons seker nooit weet nie, maat hulle is uitgemoor, hulle lyke is deur ander boere ontdek. Daar was egter geen teken van die seuntjie nie. Later het sy vrede gemaak dat toordokters die liggaampie vir muti gebruik het."

"Hemel Herr Steph! Dit is nog erger as wat ek gedink het. Die kind is nooit gekry nie?"

"Nee, Siegfried, ek was al wat sy gehad het. Na my ongeluk het sy my verpleeg en hier is ons nog na al die jare. Nodeloos vir my om dit vir jou te spel. Lillie is nie my bloed suster nie, maar ons is die naaste verwante aan mekaar."

Die skok het Siegfried verlam, maar die ou man se volgende woorde het hom in sy skoene laat vassteek.

"Jy sien Siegfried, ek weet my tyd raak min. My bekommernis is Lillie. Ek vertrou dat jy na haar sal omsien en ook dat jy gaan toesien dat Marcelle nie sy hande op haar of die plaas gaan lê nie."

"Hoe gaan ek dit reg kry Herr Steph? Sy is die baas van die plaas en haar eie lewe. Ek is net 'n bywoner!" Siegfried was stom geslaan.

"Siegfried as jy haar beter geken het sou jy weet. Marcelle is heimlik jaloers op jou. Lillie is 'n beeldskone vrou en ook nie blind nie. Sy vertrou jou met haar lewe. Moenie toelaat dat die lewe by jou verbygaan nie. Jy soek na klippe maar jy sien nie die diamant voor jou nie. Gaan nou en oordink my woorde."

Hier waar hy nou sit spoel die gesprek deur sy verwaarde gemoed. As Herr Steph maar net weet.

Diep daar waar niemand kan sien nie, troetel hy die nuwe liefde wat in sy hart groei. As hy net met sekerheid weet wat van Jovanna geword het. Vir alle praktiese doeleindes is hy nog 'n getroude man!

Die son sit laag anderkant die berg as hy sy perd losmaak en op 'n trippelpas terug plaas te ry. Soveel vrae wat hy nie kan beantwoord nie. Wat gaan hy doen as Marcelle besluit om Lillie om haar hand te vra? Sy ken hom al byna haar hele lewe. Sy weet ook dat Marcelle op haar verlief is, maar die Lakei het die reg om haar die hof te maak. Minstens is hy 'n ongetroude man!

Hierdie gedagtes is so vreesaanjaend dat hy sy perd vrye teuels gee en met 'n vaart jaag hy teen die heuwel af. Die rowwe bergpad laat hom nie toe om verder oor alles te bespiegel nie. Hy kan maar net doen wat hy onder alle omstandighede doen. Bid! Vra vir leiding en regte besluite.

By die stalle oorhandig hy die perd aan die staljonge en hang sy baadjie oor die kapstok. Hy het nog tyd om te verfris voor aandete en om te verklee. Hy grinnik as hy dink. Die afgelope maande stel hy homself ten doel om goed te lyk tydens aandete. So asof hy in kompetisie met die manne van die Kaap is. Met hande vol koue water in sy gesig probeer hy sy brandende gedagtes onder beheer kry. Die enigste ander twee mense aan die etens tafel is, is Lillie en Marcelle en vir 'n oomblik wil hy glo dit is Marcelle wat sy teëstander is!

Sommige aande kom Karl saam eet, maar hy verkies om op sy eie te wees. Vanaand is een van daardie aande. Hy doen die tafelgebed en onmiddellik bring die diensmeisie die bakke met kos en Karl skrap sy keel.

"Madame, ek het 'n paar dinge op die hart."

"Praat Karl jy weet ons luister en probeer help waar moontlik?"

"Jy help regtig baie met die skoolkinders, maar van ons ouer kinders begin al meer tyd van 'n leerkrag vra. Dit is die kleintjies wat inboet op meer aandag."

"Wat is dit wat jy verwag Karl."

"Dat ons nog 'n leerkrag nodig het. Hier is van die buurplase se kinders wat by ons skool inskakel en ons kinders word te veel."

"Goed Karl, kom tot die punt. Watter plan het jy."

"Ek weet van 'n jong dame wat formele onderrig gehad het en nie 'n pos kan kry as 'n skooljuffrou nie. Sy sal bereid wees om ons te kom help, teen 'n baie billike vergoeding. Ek weet ook dat sy 'n groot hoeveelheid boeke het wat tot ons voordeel kan strek."

Lillie vang Siegfried se oog en sien die goedkeuring daarin.

"Karl, kyk of jy die dame kan ompraat? Ons kan maar net probeer."

Hulle begin in stilte eet, elkeen verdiep in sy eie gedagtes. Die teken dat die maaltyd verby is, is wanneer almal se eetgerei op hul leë borde lê. Wanneer Marcelle mik om op te staan hou Karl weereens sy hand omhoog.

"Pardon Madame, maar ek het nog iets op die hart."

Siegfried verbeel hom dat hy ergerlikheid op Marcelle se gesig lees, maar hy skuif sy stoel terug en kyk na Karl.

"Ek was vanmiddag by Herr Steph. Ek het hom goed ondersoek en my bevinding is dat ons voorbereid op die ergste moet wees."

"Wat bedoel jy Karl? Is hy dan sieker." Roep Lillie ontsteld uit.

"Hy is nie sieker nie Madame maar sy hart is swak. Hy is nie meer 'n kind nie en ek het gewonder of ons hom nie na die groot huis moet skuif nie. Dit sal tydelik wees, hy het nie veel tyd nie.

HOOFSTUK 14

Siegfried het nou meer om hom oor te bekommer. Sou dit beteken dat Herr Claud ook 'n testament het wat te voorskyn gaan kom? Wat as daardie testament bepaal dat Lillie as 'n weduwee 'n besluit moet maak oor die plaas se toekoms? Sal sy kan besluit om die plaas te verkoop en Kaap toe te verhuis?

Haar enigste manier om op die plaas te bly is om weer 'n man aan haar sy te hê. Die gedagte is so oorweldigend dat hy die byl gryp en verwoed begin om 'n dik boomstomp te vermorsel.

Een middag net na ete merk hulle 'n koets in aantog. Karl is nou al drie dae weg en almal sit en naels kou oor sy terugkeer, gaan hy die jong dame opspoor? Sou sy inwillig om in die onherbergsame gebied te kom skoolhou. Dat die plaas baie goed ontwikkel is, is seker, maar is nog steeds baie ver van die beskawing.

Siegfried stap op die voorstoep uit en vind Lillie ook daar waar sy duidelik gespanne die koets dophou.

"Lillie, ontspan asseblief? Onthou indien die meisie saamkom, is dit nog steeds as 'n proeftydperk. As sy nie aanpas nie, gaan sy terug."

"Dit is juis wat my pla Sieg." Hy glimlag as hy hoor dat sy al meer en meer die troetelnaam vir hom gebruik. Hy maak asof hy dit nie hoor nie en vra met 'n dom uitdrukking op sy gesig.

"Hoe dan nou Lillie? Ek verstaan nie jou bekommernis nie."

"As sy nie aanpas nie, moet ons verder soek! En jy weet leerkragte sit in rye en wag vir werk!"

Hy bars uit van die lag en plaas sy arm om haar skouers. Dit het nie die gewenste uitwerking nie. Met blitsende oë swaai sy om en haar stem styg net 'n bietjie te veel.

"Siegfried! Ek weet nie hoe hierdie poppie lyk nie. Jy weet ook nie hoe aantreklik jy is nie en wat van as sy meer in jou belangstel as in die kinders?"

Die konsternasie op Siegfried se gesig spreek boekdele! Hy moet keer dat sy mond nie oopval nie. Is Lillie dan jaloers? Dat hulle 'n mooi verhouding het is waar, maar daar is nog geen beloftes aan mekaar gemaak nie? Sover hy verstaan is die dame in aantog 'n bloedjong onderwyseressie wat werk soek, nie 'n man nie.

Lillie ruk haar om en stap die stoeptrappies af. Sy byt op haar tande en wens sy kan haarself skop waar dit saakmaak. Wat het haar besiel! Wat moet Siegfried van haar dink! Die verdomde man is ook so dom soos 'n skilpad.

Gelukkig is die koets nou byna voor die deur en met 'n wye draai hou Marcelle by hulle stil. Hy spring ewe hups van die Voorbok af om die deur vir die vreemde meisie oop te maak.

Siegfried bly staan op die stoep, nog steeds deurmekaar deur Lillie se uitbarsting. Karl klim eerste uit en neem die dame se hand om haar uit die koets te help. Siegfried se eerste gewaarwording is die bos lang blonde krulle wat tot oor haar kruis hang. Hy hou haar dop soos hulle naderstap.

Sy groet Lillie met die nodige bedankings en draai dan na Karl.

"Dankie dat jy my kom haal het Karl! Ek belowe om my beste te lewer."

Daardie stem? Waar het hy dit voorheen gehoor? Kan dit wees? Dieselfde jong dame van die bal die ander aand?

Siegfried beteuel homself en stap hulle tegemoet. Hy moet konsentreer om nie 'n gek van homself te maak nie. Natuurlik ken hy haar nie.

"Welkom op Lamotte, Mademoiselle. Ek hoop jy gaan baie gelukkig wees."

"Noem my asseblief Antoinette Madame. Ons gaan nog baie met mekaar te doen kry. Die oor en weer bekendstelling neem 'n rukkie en uiteindelik vra Lillie die diensmeisie om Antoinette na haar kamer te neem.

"Siegfried, sy gaan voorlopig in die kamer aan die onderpunt van die gang intrek. Ek kon nie dink dat ons 'n jong dame in die kwartiere kan laat bly nie."

Spottenderwys maak hy 'n kniebuiging en laat sy stemtoon sak.

"Jou besluit Madame, jou huis en jou gemoedsvrede."

Lillie kan hom vermorsel. Natuurlik sal hy die situasie uitbyt om haar te verpes en sy kan hom nie kwalik neem nie. As sy net haar groot mond kon toehou.

Antoinette raak gou tuis en al Lillie se vrese word verkeerd bewys. Die sprankelende jong meisie is 'n natuurlik leerkrag. Die kinders hang aan haar lippe en die plaasvolk is gaande oor haar. Sy ontmoet Herr Steph en sommer gou steel sy die ou man se hart.

Dit is net Siegfried wat vreemd bly. As sy 'n rede kon kry sou sy gedink het dat hy haar ignoreer. Hy wend geen poging aan om met haar te kommunikeer nie, maar is tog baie beleefd aan tafel. Soms voel sy kriewelrig as sy sy blik op haar betrap.

Die opgewondenheid van die nuwe juffrou word ru onderbreek.

Karl stuur een van die slawe om Siegfried en Lillie te kom haal. Hy wag by Herr Steph se huisie op hulle.

Die voordeur staan oop en Siegfried laat Lillie eerste instap. Die ou man sit in sy bed, anders as in sy rolstoel. Wanneer hulle die kamer instap wys hy vir Karl dat hy hulle alleen moet laat.

"Dankie dat julle saam gekom het." Sy stem is krakerig en hy word baie gou moeg.

"Dit is vir ons 'n plesier Steph, jy weet mos."

"Lillie julle weet my tyd is min." Sy wil hom in die rede val, maar Siegfried se hand op haar voorarm dwing haar tot stilte. Ek sal nie lank praat nie, ek word te moeg. Daar is net iets wat ons vir mekaar moet vertel." Sy bly stil en knik met haar kop.

"Lillie, jy weet dat ek jou aangenome broer is?"

"Dit is mos ou nuus Steph, vir my was jy maar altyd my eie broer en daar vir my."

"Dit maak nie verskil in waaroor ons nooit gepraat het nie."

Hy sluk en sy hou die waterglas voor sy dor lippe. Hy neem 'n slukkie en praat dan verder.

"Jou pa het my as sy eie seun aangeneem. Hy kon my nie as 'n erfgenaam benoem nie, maar net as vrug-gebruiker. Hierdie was 'n wettige reëling en ek moet voor my dood besluit wat ek daarmee wil maak. Ek het my besluit geneem."

Die twee mense by hom bly tjoepstil sodat hy nie te moeg word nie.

"Ek weet Marcelle verwag van my om hom in my testament te benoem, maar hier is my wens. My gedeelte van die plaas gaan aan Siegfried. Lillie sal altyd die eienares van die plaas wees, maar solank as Siegfried leef het hy reg op die plaas, selfs al trou Lillie weer."

Die ou man sak agteroor teen die kussings maar wys met sy hand dat hulle moet bly. Later hervat hy weer sy gesprek.

"Lillie daar is nog iets. Ek weet al vir jare iets wat ek nie oor kon praat nie. My soektog het niks opgelewer nie. Jou seun is nooit dood nie. Hy lewe in is iewers aan die Kaap."

Siegfried spring orent en gryp haar net betyds voor sy in 'n slap bondeltjie op die vloer neersyg. Steph sien dit nie raak nie, want sy oë is gesluit en hy hyg na sy asem. Siegfried neem 'n blits besluit. Hy ruk die kamerdeur oop en skree op Steph se binne bediendes.

"Gaan haal vir Karl. Gou!"

Tot sy verbasing verskyn die dokter in die gang.

"Verskoon Siegfried, ek het so-iets verwag, ek was hier in die voorkamer." Siegfried staan eenkant toe sodat Karl by Steph se bed kan kom. Hyself buk vooroor en trek Lillie styf teen sy bors vas. Sy maak haar oë oop en herken Siegfried se bekommerde gesig. Sy buig haar ken af en teen die veiligheid van sy bors rol die trane oor haar wange.

"Toemaar Lillie, ontspan nou net. Alles is onder beheer, jy en ek sal dit maak werk.

Karl hou die ou man vas sodat hy weer regop kan sit. Die glimlag wat om sy mond speel grens aan die van 'n engel. Siegfried is seker dat hy sy kop sien knik.

"Kan ek met hom praat Karl?" vra sy onseker.

"Kom ons wag net 'n rukkie, hy is uitgeput."

Dit was die langste paar oomblikke in hul almal se lewens. Lillie staan op en maak nie kapsie teen Siegfried se hand wat haar gerusstellend vashou nie. Hy lei haar tot op die stoep en sy staan asof dit die natuurlikste ding op aarde is teen hom, met haar kop op sy skouer, sy arm gerusstellend om haar skouers.

Na 'n lang tyd vra sy: "Siegfried, as hy nog leef is hy nou byna drie en twintig? Waar sal ons hom kry?"

"Die Liewe Heer het 'n manier om daardie probleem namens ons op te los." antwoord hy eenvoudig. Dan klink Karl se stem vanuit die kamer.

"Siegfried, bring haar in asseblief."

Sy stap vooruit en plaas haar hande oor die sterwende man se hand.

"Lillie, jou kind leef, hy is iewers aan die Kaap. Gaan soek hom."

Sy wou nog vra waar sy moet begin maar wanneer Siegfried haar skouers 'n drukkie gee, besef sy Steph is nie meer nie. 'n Snik skeur uit haar bors en sy ruk om, reg in Siegfried se arms, wat sy beskermend om haar voel gaan.

Steph het met daardie antwoord in sy hart gesterf.

HOOFSTUK 15

Dit is die dag na die begrafnis. Steph was alombekend en die hele distrik ken vir Lillie. Siegfried se naam het hom ook vooruitgeloop en koetse kom van heinde en ver gekom om die suster te kom ondersteun. Sommige van die roubeklaers het tot drie aande op die plaas oorgebly. Die leraar kom uit die Kaapkolonie, nodeloos om te sê dit was erger as 'n nagmaal naweek.

Die laaste koetse is besig om in 'n ry by die hek uit te ry en dit gee Lillie en Siegfried die eerste geleentheid om nabetragting te hou. Daardie laaste middag in Steph se huis is nog vars in hulle geheue.

"Jy weet dat Karl kom vra het of ek dit sal oorweeg om Steph se huis tot sy beskikking te stel?"

"Nie so vreemde versoek nie Lillie? As ek jy was sou ek dit gunstig oorweeg. Dit is nie ver van die skool af nie en dit sal hom bietjie meer vryheid gee, weg van die kinders."

"Ek dink ook so, maar vir my om ander redes. 'n Onbewoonde huis staan altyd die kans om te verval. Die huis is nie groot nie, maar vir 'n alleenloper heeltemal genoeg."

"Dit gaan beteken dat ek Steph se persoonlike besittings sal moet gaan verwyder. Hier agter die villa is 'n stoorkamer waarin ek baie van my man se goedjies stoor."

"Sien jy kans om dit te doen Lillie? As jy wil sal ek jou gaan help. Behalwe dat dit harde werk kan wees is dit 'n emosionele uitdaging ook."

"Dankie Siegfried ek waardeer, kan ons dit so teen die naweek aanpak?"

"Natuurlik, dit pas my."

"Jy wil nie praat oor Steph se bewering dat jou seun nog lewe nie?"

"Dat dit nie net 'n bewering was nie, is seker. Hy was besig om te sterf en kon niks wen deur leuens te verkondig nie. As hy net sterk genoeg was om my te vertel hoe hy dit weet, of waar ek moet begin soek."

"Ons sal geen steen onaangeraak laat om hom te vind nie." Belowe Siegfried.

"Ek wil net genoeg tyd he om dit gewoond te raak. Die gedagte alleen maak my vreesbevange. Hoe moet ek weet wat van hom geword het? Waar sou my ou seuntjie beland het Siegfried, wie sou hom grootgemaak het, vir al wat ek weet nog inboorlinge ook!"

Daaraan het hy ook gedink, maar diep in sy hart wil hy bly glo dat hy sy wonderlike ma se gene in hom het.

"Ek weet dit mag dalk nie help nie, maar het jy nie iewers 'n foto van hom nie? Ek besef dat in tien jaar moes hy al baie verander het, maar dit sal tog help."

"Ek sal kyk en vir jou wys." Sy skuif dieper in haar stoel en staar stip na Siegfried.

"Ek het jou nog nie bedank vir hulp en bystand met die begrafnisreëlings nie. Dit sou 'n onbegonne taak vir my alleen wees."

"Jy weet dat geen taak wat ek vir jou kan doen vir my te veel is nie. Dit was 'n plesier en 'n voorreg."

Lillie voel hoe sy bloos en hou haar oë afgewend. Die man besit 'n gawe om haar hart soos 'n trop jong bokke te laat galop. Met die verskoning van 'n kloppende hoofpyn staan sy op. Sy moet nou alleen in haar kamer wees. Sy het te veel in 'n te kort tydjie beleef.

Siegfried help haar uit die diep stoel waarin sy sit en met die opstaan struikel sy en gryp na sy aangebode hand. Asof dit so beplan is, stut hy haar met sy arm en skielik voel hy die sagtheid van haar liggaam teen sy eie.

Tyd staan stil as hy sy kop afbuig na haar wagtende lippe. Hulle lippe ontmoet in 'n eerste sagte kus. Rillings gaan deur sy liggaam en hy moet veg teen die begeerte om haar met alle mag teen sy liggaam vas te druk.

Dit was 'n oomblik, of miskien 'n paar oomblikke maar 'n koets wat voor die deur stilhou verbreek die kosbare oomblik. Siegfried laat haar onwillekeurig gaan en draai weg van haar om te gaan kyk wie die aankomeling is.

Marcelle spring van die Voorbok af en met wydgerekte oë kondig hy hygend aan:

"Madame ek kom hulp vra, een van die koetse is deur inboorlinge oorval. Dit is die Rossouws van die Landgoed Avondrus. Gelukkig was die egpaar se kinders nie by hulle nie, maar wel 'n jongman van hulle bure. Dit het die aanvallers afgeskrik toe hy met 'n vuurwapen op hulle losgebrand het. Die lafaards het die perde met 'n sambok geslaan. Hulle het verwilderd met die koets die veld ingestorm. Die koets het omgeslaan en die mense het sleg seergekry."

"Genade Marcelle, ons kry Karl om te help, Ek trek net gou iets gemakliker aan."

"Nee Madame! Volstrek nee. Siegfried sal saamgaan en Karl Is 'n dokter dus jy bly net hier."

Lillie staan verslae op die stoep en staar na die agterkant van die koets wat in die stofpad verdwyn. Haar emosies nog in 'n warboel. Wat sou gebeur het as Marcelle nie daar aangekom het nie? Sy vryf teer met haar voorvinger oor haar lippe en sluit haar oë. Vir 'n oomblik beleef sy weer die oomblik toe sy besef dat Siegfried se arms byna knellend om haar middel vou. Vir die eerste keer erken sy met die eerlikheid wat net 'n vrou ken. Sy het die wilde strandloper lief!

Sy is nie 'n middeljarige vrou nie, Nog minder 'n weduwee, net 'n warmbloedige vrou wat jonk genoeg voel om weer te bemin en bo alles bemin te word.

Ingedagte vlug sy na die beskerming van haar kamer. Sy trek die gordyne dig en in die skemer gaan sit sy in 'n diep stoel voor haar bed. Haar gedagtes jaag soos jong kalwers, terug na haar lewe as jong meisie toe sy net sewentien jaar oud was.

Phillip! Hy het haar pa eerste oorrompel. Sy was nog so jonk! By tye het sy gewonder of sy hom as oom Phillip moet aanspreek. Haar pa het haar al meer en vir lang tye alleen by Phillip gelos. Dit was teen die etiket van die Kaap, maar met haar pa se toestemming was dit aanvaarbaar. In hulle omgewing was daar min tot geen jongmense nie wat Phillip se geselskap vir haar spesiaal gemaak het.

Dit was haar pa wat haar die nuus meegedeel het.

"Jy weet my kind jy is 'n pragtige jongmeisie, slim en fluks."

"Dankie Pappa, maar hier is nie juis ander jong geselskap vir my nie."

"Dit is juis wat my laat wonder en vir Phillip ook. Ons het daaroor gepraat. Jy weet hy is ook baie eensaam. Hy het nie eens meer ouers of enige familie nie."

Sy het fronsend en onskuldig na haar pa gekyk.

"Siestog ja, Pappa, dit is seker hoekom hy so baie tyd hier by ons deurbring?"

Haar Pa het skuldig weggekyk en sy antwoord daar bo van die berg se hoogste piek afgelees: "Dit is so ja my kind. Daarom het hy my om jou hand gevra."

Kind soos sy nog is het sy 'n lang ruk oor sy woorde gedink voordat sy onskuldig gevra het: "Pappa bedoel dat hy met my wil trou?"

"Dit is so ja my dogter."

"Maar Pappa! Ek is nog te jonk, ek wil volgende jaar gaan leer, ek wil nog ander jongmense leer ken."

Sy was hewig ontsteld maar haar pa het kalm gebly, en vervolg:

"Die probleem is my kind, jy sal my 'n groot guns bewys as jy sou instem. Phillip is 'n vermoënde man wat baie sal beteken vir hierdie plaas. Hy wil Lamotte koop en hy het my 'n aanbod vir die plaas gemaak!"

"Oor my dooie liggaam. Hierdie plaas behoort aan ons." Sy het stil geraak en teen die berg opgekyk. Na 'n lang ruk het sy omgedraai na haar pa.

"Pappa, ek sal met Phillip trou, maar op een voorwaarde. Lamotte is my plaas. Pappa sal 'n testament laat skryf en my eienaar tot in die derde geslag maak."

Haar Pa het verbaas na haar gestaar en dan met 'n glimlag haar teen hom vasgedruk en haar alleen gelaat.

Phillip het haar om haar hand gevra en hulle is op die plaas getroud. Phillip het nooit van haar pa se testament geweet nie. Klein Jaques was al byna ses jaar oud, toe hy die eerste keer melding maak van die plaas.

"Jy weet ons is nou byna agt jaar getroud en as ek Lamotte aan my seun wil bemaak, moet ons seker begin om die plaas op my naam te registreer, of hoe?"

Vir die eerste keer het sy weer onthou van haar pa se testament. Phillip het voor haar gestaan soos iemand wat sy nog nooit gesien het nie. Hy was 'n goeie man vir haar, maar van die hartstog en begeerte waaroor sy gedroom het by 'n getroude egpaar hoort het niks gekom nie. Sy het altyd gevoel dat sy deel van 'n saketransaksie was. Haar stem was yskoud toe sy met hom praat.

"Jy hoef jou nie aan sulke dinge te steur nie, want jy sien Phillip, Lamotte is myne en derhalwe kan ek dit aan ons seun bemaak."

Sy het geskrik vir die onbeheerste woede op sy gesig. Vir die eerste keer was sy vir hom bang. Van daardie aand af het hy uit hul slaapkamer getrek. Niks was ooit weer dieselfde nie. Nie eers met haar pa se afsterwe kon hy weer met haar praat nie. Sy woede, of teleurstelling het van hom 'n vreemdeling gemaak.

Byna 'n maand later het haar formeel meegedeel:

"Lillie ek vertrek oor twee dae saam met die groep diamant handelaars na die Noorde. Ons sal sowat 'n week weg wees." Heimlik was sy verlig om van die spanning weg te kom wat deur sy dik mond veroorsaak is. Sy volgende woorde het haar geskok.

"Ek vat Jaques saam."

Net so! Nie vra of oop vir bespreking nie. Sy het verskrik na Jaques gekyk en sy smekende ogies het haar laat omdraai. Die kind het geweet! Hy wil saam met sy pa gaan.

Sy het soos 'n standbeeld sy klere gepak en gesorg vir 'n paar dae se proviand en Phillip het op sy perd geklim. Sonder om haar te groet na Jaques gedraai en hom aangepor om klaar te kry, die pad is nog lank. Voordat hulle in die vallei indraai het Jaques sy handjie gelig en vir haar gewaai. Sy het hulle nooit weer gesien nie.

Lillie besef nou dat haar wange nat van trane is en sy droog dit met 'n sagte katoen sakdoekie. Sy is uitgeput. Dit is baie min dat sy toelaat dat hierdie gedagtes haar kom teister. Na al die maande het sy aanvaar, maar nou moet sy begin erken dat haar kind leef! Waar op aarde gaan sy hom soek? Hy is nou al 'n jongman, sal sy hom ooit erken? Sal hy iets met haar te doen wil hê. Hoe seker was Steph dat hy leef? Bo alles hoe sou hy oorleef het!

Die traanspore word op haar wange droog toe sy aan die slaap raak en so vind Siegfried haar. Die beseerdes in die ongeluk is op 'n ander koets gelaai en teruggeneem Kaap toe. Dat Karl 'n goeie dokter is, is 'n voldonge feit. Hy het al meer van die jongman begin hou. Dit was 'n bestiering dat hulle hom op die plaas het.

Siegfried staar lank na die slapende vrou. Dat hy haar liefhet twyfel hy nie meer oor nie. Wat hy moet aanvaar is dat sy situasie die struikelblok is. Hoe gaan hy ooit bewys dat Jovanna nog leef? Wat as hy dit kan bewys?

Rillings trek deur sy liggaam. As Jovanna nog leef wat dan van Lillie? 'n Man kan mos nie twee vrouens tegelyk liefkry nie?

Hy maak die deur agter hom toe en kies koers na die wingerde waar hy sy eie stryd stry soos vele male tevore. Die jare alleen op die strand, tye wat hy ten hemele geskree het omdat sy vrou nie by hom is nie, wagtend op die skip; was dit dan vermorste tye? Hy kyk op na die hemel en sluit sy oë. Sag en ernstig bid hy om leiding en raad. Sy geloof is so groot dat hy seker daar is 'n rede vir alles in sy lewe. Sy geloof was nog altyd dat daar vir elke deur wat toegemaak word sal 'n ander een oopgaan.

Op die ingewing van die oomblik draai hy weg om by die skool aan te gaan. Hy moet vir Antoinette gaan sê van die ongeluk en net seker maak sy kom reg met die kinders op haar eie.

HOOFSTUK 15

'n Week gaan verby en die aand aan tafel vra Lillie wie sien kans om haar te kom help om Steph se huis te ontruim, daar Karl graag daar wil intrek. Almal bied hulp aan en die volgende Saterdag sal hulle mekaar by die huis ontmoet.

Lillie maak intussen van die tyd gebruik deur die pakkamer te gaan regpak. Die plek word nooit gebruik nie en sy is seker dit is vol stof. Sy was ook nie verkeerd nie. Gelukkig is daar twee vensters wat sy albei wyd kan oopmaak om sodoende van die stof ontslae te raak.

Die meeste rakke is vol blikke verf en papier wat nog splinternuut is. Phillip het beslis 'n plan gehad om voltyds skilder te wees. Opgerolde doeke wat reeds voorberei is, is netjies weggepak. Sy glimlag teer as sy dink hoe Siegfried dit gaan geniet om hierdie doeke te gebruik. Hy moet sommer voor die naweek dit na sy ateljee verskuif.

Sy werk vinnig en stof sover moontlik van die rakke skoon en besluit dan om te gaan kyk wat in Steph se huis is wat hier sal inpas.

Dit voel vreemd om by die huis waar Steph so lank gebly het in te stap en hy is nie meer hier nie. Die meubels is oud maar duursaam en baie goed opgepas. Sy bondel die beddegoed in 'n hoop by die deur om te laat was. Sy sal wag tot Saterdag om die gordyne van die vensters af te haal, sodat dit ook kan skoon kom.

Skielik is sy baie opgewonde. Die huis is mooi maar baie verwaarloos. Steph het vir baie jare net in sy kamer gebly. Miskien kort 'n vrou se hand hier.

Dit laat haar dink aan die pragtige meisie by die skool op die plaas. Antoinette. Hulle weet niks van haar behalwe dat sy baie slim is nie. Sy het aan die Kaap studeer en haar onderwys diploma met lof verwerf. Sy is baie vaag oor haar ouers, behalwe dat haar Vader aan die Goewermentshuis betrokke is.

Natuurlik ken hulle nie die gemeenskap aan die Kaap nie en dit is nou 'n voorreg om Antoinette by hulle te hê. Sy gaan haar later vra om haar vars idees met haar te deel om die huis mooi te maak.

Sy hoor 'n geluid by die deur en draai om. Agter haar spring Marcelle van die perd af.

"Ek wou nie kom oortree nie Madame maar die oop deur het my aandag getrek."

"Jy oortree glad nie Marcelle, kom binne, ek doen net 'n bietjie voorraad opname. Mens kan nie glo hoeveel ontwrigting die afsterwe van 'n mens bring nie. Ek het nie gedink ek sal hierdie stoor ooit weer nodig kry nie."

"Dit is waar, die lewe is so kort en soms misbruik ons die tyd aan ons geleen."

Lillie verkies om die uitlating te ignoreer en verander die gesprek.

"Ek het juis gedink om Antoinette te vra om my hier te kom help."

"Dit is 'n briljante voorstel, sy is eensaam en ek glo sy sal die interaksie baie waardeer. Madame, u weet dat Antoinette 'n aangenome kind is?"

"Nee, dit het ek nie geweet nie? Haar aanneem ouers was duidelik baie erg oor haar."

"Ja, veral vir die rede dat haar biologiese ouers albei oorlede is. Vir haar is hulle haar enigste familie."

"Ons is soms so ver verwyderd van mekaar dat ons 'n leeftyd saambly sonder om mekaar regtig te ken. Ek is bly jy het my vertel, dit sal beteken ek sal haar heel anders benader. Ek het nooit 'n dogter gehad nie en glo my ek het gedroom oor 'n dogter soos sy."

Marcelle verkyk hom aan die opheldering van die vrou voor hom se gelaat. Weereens besef hy dat sy beeldskoon is, dat hy haar liefhet soos 'n man 'n vrou liefhet, maar dat sy nie vir hom beskore is nie. Vir hom is sy Madame Vonsteed, sy werkgewer en sy woonplek. Meer as dit sal sy nooit wees nie, nog minder sal sy ooit van sy gevoel vir haar.

Lillie trek die stoorkamer se deur toe en stap diep in gedagte met die slingerpaadjie langs huis toe. Hierdie naweek sal 'n groot omwenteling plaasvind, Karl is opgewonde oor die huis. Sy wonder oor die jong dokter. Hy is die jongste van 'n gesin van vyf, maar sy gesin bly aan die oewer van die Visrivier. Volgens hom is sy oudste broer die boer van die gesin, sy Vader is reeds 'n ou man en sy Moeder, alhoewel op 'n hoë ouderdom, nog steeds 'n voorslag boervrou. Hulle het al daaroor gepraat om die bejaarde ouerpaar by hulle op die plaas te laat kom kuier.

Karl is 'n pragtige jong man. Sy kan net dink wat dit vir sy ouers sal beteken om te sien hoe sukses hy in sy loopbaan is.

Sy glimlag as sy dink aan die twee leerkragte by hulle skool. Karl die stewige man met sy digte bruin hare en donker oë. Hy lyk na 'n skraal man maar hy het al bewys dat onder sy skoolhemde skuil 'n paar gespierde skouers. Hy is beslis nie skaam om sy gewig in te gooi by enige gebeurtenis waar hy benodig word nie. Hy en Siegfried word groot vriende wat baie vir haar beteken.

Dan sien sy Antoinette. 'n Regte fyne dame met blonde hare en lewendige grys oë. Verbeel sy haar of het Karl haar al by 'n paar geleenthede agterna gestaar?

Sy giggel nou as sy haar gedagtes erken. Is dit die feit dat Siegfried nie meer vir haar die strandloper is nie, dat haar romantiese gedagtes oral draai?

Siegfried! Dat hy op haar verlief is kan sy nie meer ontken nie. Dat hy steeds 'n getroude man is, kan sy ook nie ontken nie. Onverwags swaai sy haar arms in die lug en laat toe dat die borreling in haar binneste tot in haar voete vloei. Iewers sal iets gebeur om haar twyfel in die toekoms te verander. Vir nou is sy gelukkig met die mense wat die eensaamheid op die plaas kom verdryf het.

Die kombuis se personeel verstom hulle as Lillie by die deur inkom. Sy dartel behoorlik van vrolikheid en gee dadelik opdragte dat daar vanaand 'n feesmaal voorberei moet word. Wat sy wil vier weet sy nie, maar vanaand wil sy hulle almal om die groot eetkamer tafel sien. Uitgelate versoek sy 'n paar bottels van hulle beste wyn en verdwyn dan in haar kamer om haar mooiste uitrusting te gaan uithaal.

HOOFSTUK 13

Daardie aand wag Lillie haar gaste op die groot wye voorstoep in. Haar dun middeltjie weerspreek die fyn lyntjies om haar groot blou oë wat verklap dat sy reeds by veertig verby is. Sy is so sprankelend van geaardheid dat dit mense haar ouderdom ignoreer.

Vanaand dra sy 'n ysblou skepping wat haar nog mooier laat lyk. Die lae hals met sagte kant omboorsel laat net genoeg aan die verbeelding oor. Aan haar ore hang twee egte diamante wat pas by die diamant wat aan 'n fyn kettinkie om haar nek hang. Sy kon net sowel uit 'n aristokratiese koningshuis kom.

Dit is Siegfried wat verstom in die deur vassteek. Hy het die boodskap gekry dat vanaand se ete uiters formeel is, daarom het hy die droom wit baadjie in sy kas met baie selfvertroue aangetrek. Hyself lyk deftig soos 'n edelman. Op die drumpel van die deur verstom hy en Lillie hulle aan mekaar. Hy besef hy sal hierdie oomblik ten volle moet gebruik. Sy asem kom skor oor sy dor lippe:

"Lillie! Jy is beeldskoon! Ek kan nie glo die vroutjie in haar swart gewaad op die strand is dieselfde as die sprokies koningin wat voor my staan nie." Sy lag haar klokkies klingel laggie as sy intens gelukkig na hom kyk:

"Nog minder lyk jy soos die strandloper met sy gekoekte hare en kaalvoete nie!" Albei is bewus van die atmosfeer wat skielik weer gelaai is en verspot bied hy haar sy arm. Die aanraking tussen hulle veroorsaak weer rillings in albei se liggame maar hulle probeer hul bes om dit te ignoreer. Soos die ware heer wat hy is, lei hy haar na die groot eetkamer.

Die yslike lang tafel kreun van die uithaler kok se geregte. Marcelle het dit sy taak gemaak om die vertrek te versier met die mooiste proteas uit die vallei. Die vertrek sou baie beslis goed genoeg wees vir 'n onthaal vir 'n koning.

Karl is reeds daar en hy staan met 'n glasie bloedrooi wyn in sy hand. Wat opmerklik is, is dat hy, alhoewel nie minder stylvol nie, baie meer onseker lyk as tussen sy skoolkinders. Sy donker oë verhelder egter as Antoinette die vertrek binnestap. Die koningsblou tabberd wat sy dra komplimenteer haar blonde kapsel en aksentueer haar blousel blou oë.

Om die prentjie te voltooi is die drieman orkes wat die atmosfeer vir hulle kom vervolmaak.

Lillie heet almal welkom en gee die teken dat die maaltyd mag begin.

Die aand is vrolik, die wyn dra by om die atmosfeer vroliker te maak. Marcelle is egter ingestel op die swanger atmosfeer. Nie alleen kan hy nie sy oë van sy gasvrou en werkgewer afhou nie. Almal lag en gesels, skerts en kuier. Marcelle weet dat hy die eensame figuur is. Nie dat hier enige paartjies is nie, maar hy voel tog uitgesluit.

Karl sit langs Lillie en hy maak van die geleentheid gebruik om haar aandag te trek.

"Madame Lillie, ons het reeds daaroor gepraat, maar sal dit u goedkeuring wegdra as my ouers vir 'n paar dae by ons kan kom kuier. Van ons bure kom vir besigheid Kaap toe en dit is 'n gulde geleentheid om hulle saam te bring."

Lillie se gesig verhelder en opgewonde deel sy aan almal om die tafel die nuus mee. Die volgende paar weke gaan bedrywig wees. Steph se huis moet klaar skoon gemaak word, die stoor moet reggepak word sodat Karl daar kan intrek. Dit gaan 'n gulde geleentheid vir Karl wees om sy ouers in sy eie huisie te ontvang.

Op die plaas gebeur dinge egter nie altyd soos beplan word nie. Siegfried sit langs Lillie aan haar regterkant en oorkant hom sit Antoinette, langs Karl. Hy kan nog steeds nie help om te wonder hoekom die jong meisie hom so fassineer nie. Iets aan haar is vir hom so intens bekend dat hy soms wonder of sy ook weet waar hulle voorheen ontmoet het.

Lillie merk sy broeiende blik maar hou dit vir haarself. Siegfried is seker bewus daarvan dat Karl die jong Antoinette met meer as normale belangstelling dophou?

Sy betig haarself. "Lillie! Kry jouself onder beheer. Hierdie meisie is te jonk vir Siegfried. Is jy nou 'n jaloerse bakvissie?"

Skielik trek Siegfried sy asem diep in, so hard dat almal se aandag op hom gevestig is. Hy is wasbleek as hy stadig orent kom, sy oë stip op Antoinette. Die meisie is verskrik en steier weg van die groot man se verstarde blik.

"Wat is fout Monsieur? U lyk asof u 'n spook gesien het." Sy hande vou krampagtig om die kant van die etenstafel maar sy blik wyk nie vir 'n oomblik van haar gesig nie.

Dat iets hom bitter ontstel is duidelik en Lillie vra onmiddellik vir 'n glas water.

"Siegfried, wat is dit Mijnheer?" dit is asof Siegfried doof geword het. Dan lig hy 'n bewende hand na Antoinette.

"Mam'selle, ek is jammer maar u het 'n hangertjie om u hals?"

Antoinette se hand vlieg na haar rok se hals en haar hand bedek beskermend die robyn wat om haar nek hang.

"Ek het Mijnheer, hoekom is dit so vreemd vir u?"

Siegfried syg in sy stoel neer en skor vra hy:

"Waar kry jy daardie hangertjie?"

"Mijnheer, dit is 'n vreemde vraag. Ek het hierdie hangertjie om my nek sedert my geboorte. My ouma het my vertel dat dit aan my Moeder behoort het."

"Antoinette, waar is jy gebore?"

Daar heers nou 'n grafstilte om die tafel, die orkes het stil geraak. Antoinette kyk hulpsoekend na Karl wat haar hand saggies onder die tafel druk.

"Sover ek weet is ek in Frankryk gebore, my moeder is met my geboorte oorlede. Ek het by my Ouma groot geword."

"Hoe het jy aan die Kaap beland?"

"My Ouma is oorlede en sy het my Kaap toe gestuur, na 'n verlangse kennis van haar, wat my aangeneem het."

As dit moontlik is word Siegfreid nog bleker. Hy lek oor sy dor lippe en met 'n skor stem vra hy:

"Weet jy wat jou Moeder se naam was Antoinette?"

"My Mamma se naam was Jovanna." Sy is nou ook bleek. Siegfried hyg na asem en is nie bewus daarvan dat Lillie opstaan en agter hom kon staan nie. Sy hou krampagtig aan sy bewende skouers vas.

"Antoinette en jou Ouma?"

"Ouma Victoria, Mijnheer. Ek het haar tweede naam."

Siegfried kan homself nie meer beheer nie, hy storm by die eetkamer deur uit, haal die badkamer net betyds. Agter hom verskyn Marcelle met 'n dik nat handdoek en vou dit om sy nek, terwyl die man sy skok in 'n wasskottel ledig.

Toe hy bietjie kalmeer het neem Marcelle sy arm.

"Kom my vriend, ek stap saam met jou. As jou vermoedens reg is, verdien jy dit wat nou op jou wag. Hulle stap terug tot waar 'n angstige groepie op sy terugkeer wag.

Antoinette se steeds geskokte blik spring dadelik na sy bleek gesig. Hy stap om die tafel en gaan kniel by die jong meisie.

"Antoinette, as dit jou Ouma en jou Mamma se name was is jy sonder enige twyfel my dogter!"

Antoinette lig die robyn uit haar rok se hals en knip dit los. Sy plaas dit in Siegfried se bewende hand.

"Hier Mijnheer. Ouma het gesê ek sal weet wanneer om dit van my nek af te haal. Knip dit oop."

Siegfried se trane drup op sy hande wat krampagtig om die rooi steen klem. Dan draai hy dit om en knip dit oop. Voor hom verskyn twee miniatuur foto's van homself en Jovanna. Dit is goudgeel verkleur maar onteenseglik is dit foto's van hulle twee. Hy onthou daardie dag!

"Miskien sal ons eendag in ons ouderdom mekaar moet uitken aan hierdie foto's, of hoe Siegfried?"

"Dit betwyfel ek, want ek wil nooit een enkele dag in my lewe sonder jou wees nie." Hy kyk stadig op, en dan tref dit hom soos 'n skoot yskoue water. Antoinette lyk net soos Jovanna! Jovanna was reeds swanger toe hulle uit die land verdryf is. Hy neem haar hand en trek haar uit haar stoel, totdat sy voor hom staan.

"Daar is geen twyfel nie Antoinette, jy is my dogter! Jou ma se ewebeeld!" dan verdwyn sy in sy wagtende arms. Die snik in die vertrek kon van enigeen van die mense om die tafel kom. Marcelle draai sy rug om met 'n spierwit servet vanaf die tafel skaamteloos oor sy betraande gesig te vee. Sy skouers ruk van die snikke en hy raak effe bewus van Lillie wat nie probeer om die stroom van trane oor haar wange te beheer nie.

Siegfried en Antoinette klou hulpeloos aan mekaar vas, emosies vloei soos 'n stormsrivier deur die vertrek.

"Kan dit waar wees? Is jy regtig my eie Pappie?"

"Hoe het jy gedink waar ek al die jare was?"

"My Ouma het my vertel van daardie vreeslike nag. Ek het groot geword met die wonderlike verhale van my ouers se liefde vir mekaar. Sy het gevra dat as sy iets oorkom, moet ek Kaap toe gaan. Hoekom het ek nooit geweet nie."

Dit word 'n middag wat nie een ooit sal vergeet nie. Laat daardie aand vra Siegfried om verskoon te word. Die gebeure het hom uitgeput en hy is verlig as hy sy kamerdeur kan toemaak. Hy sak op sy bed neer en gee homself oor aan die smart wat uit sy bors skeur. Dat sy geliefde Jovanna alleen was in haar barensnood is vir hom hart verskeurend, maar dat Mama Victoria hulle dogtertjie alleen moes groot maak breek sy hart.

Hy raak uitgeput aan die slaap, die wete dat hy 'n dogter het. 'n Kind sy eie kind!

HOOFSTUK 18

Twee maande verloop op die plaas. Siegfried en Antoinette gebruik elke moontlike oomblik om mekaar te leer ken. Dit is nie moeilik nie want die natuurlike aanvoeling van bloedverbintenis kan nie weg geredeneer word nie. Siegfried hoor by sy meisiekind wat sy alles onthou van die onmenslike tyd waarin sy groot geword het. Soms huil hulle saam, soms lag hulle, maar die band wat hulle bind raak al meer intiem.

As dit nie vir die wonderwerk van sy eie dogter by hom was nie sou Siegfried in 'n monster verander het. Die hel waardeur Victoria moes gaan!

Dan Jovanna, haar lieflike dogter se ontberinge, haar smart oor haar man wat weg is maar bo alles die vrees! Vrees om 'n kind in die wêreld te bring, vrees vir soldate, te min kos, soms net 'n skerm tussen hulle en die ysige koue. Boonop 'n kind wat gebore moes word. Arme Victoria, wat haar dogter moes bystaan en die vrees dat sy en die kind kon sterf.

Dan verwonder hy hom aan die pragtige meisie wat sy eie kind is! In hierdie tyd het hy min kontak met Lillie. Dit is asof sy hom elke oomblik gun om sy kind te leer ken. Sy verkneukel haar in die wonderwerk wat voor haar afspeel. Siegfried raak al vroliker en soms kan sy hom van ver hoor lag. Die man wat sy nou leer ken is nog meer haar tipe man as die gespanne strandloper.

Siegfried wys vir Antoinette die tekeninge wat hy van Jovanna en haar ma gemaak het. Sy is in ekstase oor haar Pa se uitsonderlike talent. Sy hang aan sy lippe, sy volg hom asof sy 'n skaduwee is.

Ook Karl staan effe tru om die Pa en Dogter band te sien ontwikkel. Hy weet dat niks hom meer kan keer om Antoinette die hof te maak nie. Sodra die huis gereed is kan hy Siegfried om haar hand vra. Teen daardie tyd sal sy ouers ook hier wees en kan hulle die vrou ontmoet wat hy aan hulle wil voorstel as hulle skoondogter.

Dit woel op die plaas. Die druiwe oes stroom van die lande af asof selfs moeder natuur wil verbeter op die vorige jare se opbrengs. Elke werker op die plaas word ingespan om te help met die pars van druiwe.

Siegfried werk soos 'n oorverhitte masjien. Sy opgekropte entoesiasme vind weerklank by die werkers en Lamotte maak hom klaar vir die beste oes ooit.

By die skool is Antoinette hard besig om die kinders af te rig in 'n koor wat die omgewing nog nooit gehoor het nie. Die byna veertig kinders sing hul harte uit omdat hulle weet hulle maak hulle 'Teacha' se hart bly. Hulle oefen vir die dag wat Meester se ouers op die plaas opdaag.

Uiteindelik gebeur dit! Een aand terwyl almal iewers besig is en Siegfried en Lillie in die skemer op die voorstoep ontmoet, is die maan die enigste toeskouer van die groot gebeurtenis.

"Kom sit by my Siegfried. Ons mag 'n glasie wyn geniet. Dit was 'n besige tyd en regtig ons verdien 'n bietjie ontspan. Vertel my tog hoe dit voel om skielik 'n Pappa te wees."

"Lillie ek moet myself knyp om te besef dit is waar. Die omstandighede bly vir my vreesaanjaend. Om te dink ek was nie daar nie. Jy weet vir jare het ek soekend gebly na die skip wat hulle moes bring, min wetende dat my Mama Victoria alleen moes spook om my dogtertjie groot te maak."

"Dit is so ongelooflik! Miskien was dit goed dat jy onbewus was daarvan?'

"Ek het al so baie gedink, as ek moes weet sou ek kapabel genoeg wees om die wye oseaan deur te swem om daar te wees vir hulle!"

Lillie se hart pyn as sy sy woorde hoor. Dit is presies wie die man is wat sy leer ken het. Sy staar met haar hart in haar oë na die man voor haar. Sy hoor haar eie stem sonder dat sy besef dat sy hardop praat:

"Ek weet dit Siegfried en dit is wie jy is. Niemand kan my kwalik neem dat dit juis die rede is hoekom ek jou so liefhet nie. Jy is die man op wie enige vrou kan staatmaak." Dan besef sy wat sy gesê het en sy klap haar hand oor haar mond. Sy staar versteend na Siegfried en besef dan dat hy onwillekeurig op sy voete kom. Asof 'n magneet tussen hulle mekaar aantrek, beweeg hulle nader aan mekaar.

Die lang man gaan doodstil staan en steek sy arms na haar uit. Haar voete beweeg asof vanself nader aan hom, en dan gly sy in die uitnodigende uitgestrekte arms. Hy vou hy haar teen sy bors toe, en dan lig sy haar gesig op na hom. Asof vanself sak sy kop vooroor en met 'n snak ontmoet hulle lippe. Haar arms gaan om sy nek en sy arms vou knellend om haar lyf. Tyd staan stil. Net twee harte wat dieselfde ritme uitbons.

Hulle is onbewus van Marcelle wat agter hulle verskyn maar stilweg retireer en die deur agter hom toetrek. Niemand mag hierdie oomblik vir hierdie twee mense breek nie. Sy eie hart wat breek is sy geheim.

Na 'n baie lang tyd lig Siegfried sy kop en vryf met sy voorvinger oor haar sagte lippe. Sy hoor sy skor stem.

"Lillie, sal jy my vrou word? Sal jy my en my dogter aanvaar?"

"Natuurlik my liefling, maar wat van 'ek het jou lief?"

Die kreet uit sy mond hang nog lank in die lug

"Lillie, ek het jou lief, liewer as my eie lewe!"

Die volgende omhelsing duur asof vir ewig, so asof hulle lippe nooit weer van mekaar wil skei nie. Hulle is nie bewus van die eensame ruiter wat dawerend koers kies na die boonste wingerde nie. Jong wingerd lote laat sak hul koppe in eerbied vir die man se gebroke hart.

HOOFSTUK 15

Die plaas is 'n miernes van bedrywigheid. Karl betrek sy huisie, terwyl die reëlings om sy ouers op die plaas te kry voorrang geniet. Tye is gevaarlik, maar waar daar 'n wil is, is daar 'n weg. Die druiwe oes is beter as in die afgelope jare, so asof tot die lande wil vergoed vir die jare van trane en hartseer in die lewens van die inwoners.

Siegfried se geluk ken geen perke nie. Na sy jare as kluisenaar as strandloper is hy skatryk. Sy pragtige dogter is iets wat hy nooit voorsien het nie. Hy en Antoinette is onafskeidbaar. Lillie gloei asof 'n lig binne haar aangesteek is. Tussen alles deur word daar reëlings getref vir 'n bruilof op Lamotte.

Lillie en Antoinette stap ingehaak na die parskuipe om te gaan kyk hoe die druiwe inkom. Die aroma van druiwesap hang weer swaar oor die plaas. Die verhouding tussen die twee vroue is so mooi dat selfs die volk, meeste van hulle met tandlose monde, van oor tot oor glimlag as hulle verbystap.

"Antoinette, ek het 'n afspraak met my ontwerper vir hierdie naweek. Hy sal die nodige voorbeelde vir materiale bring sodat ons almal ons uitrustings kan laat maak. Ek is so opgewonde om jou as my bruidsmeisie te kry. Jy en Karl as ons gevolg gaan my en Siegfried se dag vervolmaak."

"Ek is geëerd Madame, veral om my nuutgevonde Vader se groot dag met hom te deel."

Hulle giggel soos opgewonde verliefde meisies en kom geselsend by die parsvloer aan.

Karl is ook nuuskierig en kom te perd van sy huis af aangery. Die blos op Antoinette se gesiggie toe sy Karl sien gaan nie ongesiens verby nie.

"Karl, wanneer kan ons jou ouers hier verwag? Dink jy nie julle moet hulle langs die pad gaan ontmoet nie," vra Lillie.

"Daaraan het ek nie gedink nie, maar dit klink vir my na 'n briljante gedagte."

"Ek ry saam Karl, dit gaan die laaste gedeelte van die rit vir hulle minder gevaarlik maak."

Siegfried is onmiddellik oorgehaal om te vertrek sodra Karl gereed is. Die daaropvolgende paar weke is 'n warboel van bedrywigheid. Die voorbereidings vir die huweliksbevestiging verloop vlot. Die kleremaker kom tydelik op die plaas bly, om die aanpas te vergemaklik. Lillie wil graag in die namiddag trou. Die tyd wat vir haar en Siegfried die meeste beteken. Die ondergaande son, beteken vir haar die belofte van 'n nuwe dag wat gebore gaan word. Haar en Siegfried se lewe saam.

Die kombuis personeel is druk besig met bak en brou, van fyngebak vir die bruidstafel en natuurlik 'n versnit van spesiale wyn ter viering van die heuglike gebeurtenis.

Dit is reeds twee weke voor die troudag toe die boodskap hulle bereik. Karl se ouers is 'n klompie myl van die plaas en opgewonde wuif die twee vrouens as die twee ruiters te perd vertrek. Eie aan Lillie se aard gee sy opdrag vir 'n verwelkoming vir die twee ou mense. Karl se huis is voltooi, en een kamer in die groot huis word gebruik om die trourok en bruidsmeisie se tabberds in groot geheimhouding te versteek.

Wanneer die aankondiging gemaak word dat die koets in aantog is, heers 'n ongekende afwagting. Die slawe maak gereed om in gelid aan te tree en hulle eie orkes wag langs die pad.

Uiteindelik klink die dawerende gesing en dans oor die werf as die koets deur die hekke kom. Karl en Siegfried ry vooruit deur die singende en dansende verwelkoming.

Lillie is by as die ouerpaar uit die koets gehelp word. Asof hulle mekaar jare ken volg die groet en verwelkoming voordat hulle in die huis verdwyn. Die twee ouer mense is groot verrassing vir Lillie. Sy het regtig 'n ou man en vrou verwag, maar Karl se pa, is steeds vier en regop. Sy hare wat effe grys word by die slape verklap sy ouderdom wat verby sestig jaar is, maar hy lyk nog sterk en gesond.

Dit is die ma wat die verrassing is. Haar effe plomp lyf en wye glimlag steek haar ouderdom goed weg. Dit is egter die litteken oor haar een wang wat aandag trek. Die wond veroorsaak was deur 'n assegaai wat haar hart moes deurboor.

Dat sy en Karl 'n hegte verhouding het is duidelik. Sy omhels haar seun wat sy so na verlang het dat trane van geluk weereens vrylik vloei oor almal wat die toneeltjie gadeslaan se wange. Daardie aand word daar baie gelag en gesels terwyl die geurige ete deel uitmaak van die feesviering.

In die week wat daar opvolg kan Lillie nie help om te sien dat Karl se pa, stil en afgetrokke voorkom nie. Sy betrap hom kort-kort dat hy intens na haar staar, so asof hy vrae het om te vra. Tog is hy vriendelik en baie bedagsaam. Hy en Siegfried vind mekaar maar dit is Antoinette wat sy aandag geniet. Die aand voor die groot dag sit die mans op die voorstoep, terwyl hulle die dames nie mag sien nie. Dit is gebruik dat die bruid en bruidegom nie kontak mag hê nie!

"Karl, wat is nou jou beplanning van hier? Natuurlik is ek en jou ma baie dankbaar vir die huis wat jy buite jou huis gevind het. Jy het seker al aan jou toekoms gedink?"

"Ek het Vader, daarom is ek dankbaar om vir Vader en Herr Siegfried vanaand vir myself te hê."

"Dit klink gewigtig? Mag ons weet wat dit is?"

"Vader, Herr Sieg, ek glo dat julle albei weet dat Antoinette 'n baie spesiale plekkie in my hart het. Ek wou nie met haar praat voordat ek julle seën het nie. As dit dus julle albei se goedkeuring wegdra, sal ek graag verlof wil hê om haar die hof te maak."

Siegfried is onmiddellik op sy voete en steek sy hand na die jongman uit.

"Dit het ek lankal verwag en glo my dit maak my hart ongelooflike bly. Dit sal vir my 'n eer wees om jou skoonpa te wees." Sy eie Pa steek ook sy hand uit en die drie mans omarm mekaar. Dis net die ouer man wat 'n waaksame blik in sy oë probeer verbloem.

"Dit gaan 'n groot oomblik wees as jy jou liefde vir haar so gou moontlik sal verklaar ou seun." Karl verkleur bloedrooi as hy sy kop opruk en stamelend begin erken:

"Sy weet dit reeds Herr Sieg, ons wou net wag vir die regte geleentheid om dit vir julle te vertel. Pa! Ek wil ook 'n vrou so liefhê soos die Pa en Ma wat ek ken." Trane skiet in die ou man se oë as hy die jong man styf teen hom vasdruk.

"Miskien het ons dan iets reg gedoen my kind, maar nou wil ek graag met Siegfried alleen praat. Ons gaan jou verskoon, as jy tot rus wil kom."

Die gesprek wat laataand plaasvind is so belangrik dat die twee mans baie seker maak van hulle feite voordat hulle uiteindelik tot rus kom, doodseker dat daar geen twyfel bestaan nie.

HOOFSTUK 20

Koetse kom van heide en verre om hierdie heuglike dag op Lamotte te kom vier. Die nuwe groot stoor is ingerig vir die huweliksbevestiging, wat daarna omskep word in 'n onthaal saal. Proteas en ander veld blomme sprei 'n heerlike aroma en die opgewekte slawe orkes staan gereed om die huweliks mars te speel.

Voor langs die tydelike preekstoel staan Siegfried fier en regop, effe bleek maar beslis opgewonde in afwagting op sy bruid. Karl probeer sy aandag aftrek, maar Siegfried se blik is vasgenael op die dubbeldeure wat dig toegemaak is om die koms van die bruid geheim te hou.

Die gaste fluister soms te luidrugtig maar almal wag in spanning.

Dan bars die musiek los en die groot deure word wyd oopgemaak, die bruid verskyn op die drumpel.

Lillie in 'n skepping van goud met wit omboorsel. Haar hare blink in 'n stralekrans oor haar skouers. Haar hande wat 'n bos vars lelies vashou bewe liggies van spanning. Sy kyk op, vas in Siegfried se wagtende gesig en 'n hemelse glimlag sprei oor haar gesig. Siegfried is te emosioneel om die trane te keer. Sy is so mooi dat hy moet keer om haar tegemoet te storm.

Die orkes is buite hulself van vreugde en die klanke jubel van genot.

Dan verskyn nog 'n verrassing. Antoinette volg Lillie in 'n lieflike smaraggroen skepping. Sy het net oë vir die mooi jongman agter Siegfried. Die groepie bereik die preekstoel en staan afwagtend vir die leraar om sy gebed te voltooi.

Menige traan vloei as Siegfried na sy bruid buig en plegtig 'n band van ewige trou oor haar ringvinger stoot. As die prediker toestemming gee dat hy sy bruid mag soen, laat Siegfried nie op hom wag nie. Niemand kom agter dat die jong paartjie effe terugstaan nie. Alle aandag is op die bruidspaar as Karl na Antoinette draai.

"Mademoiselle, mag ek jou sommer nou vra, sal jy my vroutjie word." Hy kyk senuweeagtig na agter en dit dwing haar om vinnig te antwoord.

"Ja Karl, natuurlik sal ek." Oorhaastig druk hy sy hand in sy sak en neem haar hand. As die twee effe verwaaid by die bruidspaar aansluit blink 'n pragtige steen aan die linker ring vinger van die bruidsmeisie.

Dit is 'n aand van vrolike jolyt en feesvieringe. Kort voor middernag kry die bruidspaar en hulle gesin die geleentheid om in die eetkamer van die groot huis te vergader.

"Dankie tog, ek is gedaan. Wat 'n heerlike aand, maar hoekom wil jy op hierdie laat tyd van die nag 'n vergadering hou Siegfried."

Siegfried is bietjie meer gespanne. Maar hy neem haar hande besitlik in syne.

"My pragtige vroutjie, daar is iets wat nie kan wag tot ligdag nie. Almal het reeds die verloofring aan Antoinette se hand bewonder en hulle gelukgewens, maar daar is iets wat jy moet weet."

"Jy maak my nuuskierig my man!" laat sy blosend hoor.

"Karl, ek het reeds die eerste aand hier by julle 'n vermoede gehad, maar ons moes baie seker maak van ons feite. Wat ek nou vir jou gaan vertel gaan vir jou 'n skok wees. Vir ons is dit 'n wonderwerk uit die hemel." Karl se Pa is aan die woord. Hy wend hom na Lillie wat nog in haar bruidstabberd geklee is en sy stem is vol rou emosie.

"Jy sien Lillie, jy weet reeds dat Karl ons jongste kind is, maar dat ons hom aangeneem het?"

"Ek weet dit, maar hoekom nou ophaal?"

"Siegfried het 'n kassie met 'n foto in sy kas in sy kamer gekry. Toe hy Karl beter leer ken het hy begin opvolg aan sy vermoedens."

"Lillie, daardie foto is 'n foto van jou oorlede man, en oorlede Claus het dit vir my bevestig." Lillie draai haar kop stadig na Karl, en dan dring die besef tot haar deur.

"Bedoel julle, dat Karl ... dat julle dink ... dat hy ..."

"Ja Lillie, Karl is jou seun, die seuntjie wat die inboorlinge gesteel het en sy eie Vader ontvoer en vermoor het."

Karl gee een tree na vore en dan vlieg die huilende bruid in sy wagtende arms in.

"My kind! My eie klein Jaques!" Trane stroom weer oor vele gesigte, maar dit is trane van dankbaarheid.

"Lillie, ons dankbaarheid dat ons die voorreg gehad het om hom vir jou groot te maak ken geen perke nie." Karl se pa neem die bruid se hand en sy strek stem dring tot haar deur:

"Vrou hier is jou seun. Seun hier is jou Moeder!"

Die bruid in die arms van die jong man stuur snikke deur almal om hulle. Dan staan Siegfried nader en vou so ver moontlik sy nuwe vrou, sy dogter en aanstaande skoonseun in sy wye omhelsing toe. Met sy gesig opgehef na die hemel roep hy met 'n sterk stem uit:

"Alle eer aan ons Skepper!"

Met Lillie styf teen hom aangetrek bely hy sy geloof:

"Die hoop beskaam nie!"

Karl se ouers straal van vreugde.

"Pappa ons het lank gedroom oor hierdie dag en wat 'n vreugdevolle oomblik is dit nie."

"Ja my vrou en kyk wat wen ons alles!"

Marcelle stap ongesiens na buite en oomblikke later klink die hees geblaas van die ramshoring tot diep in die klowe van die plaas; die aankondiging van 'n nuwe toekoms, die geluid wat enige skip se mishoring sal oorheers!

Geagte Leser

Ons hoop dat u ons boek geniet het en dit boeiend gevind het. U terugvoer is baie belangrik vir ons en vir toekomstige lesers.

Ons sal dit baie waardeer as u 'n paar oomblikke kan neem om 'n resensie op Amazon te skryf. U mening help ander om ingeligte besluite te neem en dit help ons om beter te verstaan wat ons lesers waardeer.

Baie dankie vir u ondersteuning!

Vriendelike groete

Die Malherbe Span

www.ingramcontent.com/pod-product-compliance
Lightning Source LLC
Chambersburg PA
CBHW051239170626
46809CB00004B/1390